Stefan Singer

Acid Manna

Roman

Über dieses Buch:

Acid Manna beschreibt Visionen eines gejagten Opfers kurz vor seinem gewaltsam herbeigeführten Tod. Sie entfalten sich in einem Gedankenstrom aus Erinnerungen und Träumen einer in ihrem Ausgestoßensein von der Gemeinschaft verlorenen Seele, die ihren Tod durch Satans Bestie voraussieht und versucht, Erlösung zu finden in Resignation, Demut und Selbstaufgabe.

Stefan Singer

Acid Manna

Roman

Namen von Personen, Szenen und Orten sind rein zufällig.

Bibliografische Information der Deutschen
Nationalbibliothek:
Die Deutsche Nationalbibliothek verzeichnet diese
Publikation in der Deutschen Nationalbibliografie; detaillierte
bibliografische Daten sind im Internet über http://dnb.dnb.de
abrufbar.

© 2024 Stefan Singer
Umschlaggestaltung Stefan Singer
Verlag: BoD · Books on Demand GmbH,
In de Tarpen 42, 22848 Norderstedt
Druck: Libri Plureos GmbH, Friedensallee 273,
22763 Hamburg

ISBN 978-3-7693-1196-9

Acid Manna

(oder: Das verdorbene Brot, das nicht nährt, sondern von Satans Bestie vergiftet wurde)

Vorwort

„Forget the story, just write!" (nach E. Clapton: „Forget the message, just play!")

„ ... bis ich bei mir war. Und da war ich plötzlich nirgends mehr. ...Da war ich plötzlich nirgends mehr."

(Uli Trepte)

„Time goes on ..., life goes on. Forget ... and be forgotten!" (Ann Stevens)

„Ein trauriger Baum fiel ins Meer und schwam davon wie ein gigantischer Seestern." (Don van Vliet)

Mitten in einer kalten Winternacht beginnt diese Geschichte. Der alte, erfolglose Schriftsteller Krapp hat die Stationen seines Lebens auf Tonband festgehalten und läßt am Ende seines Lebens das Band ablaufen. Krapp läuft die Zeit davon. Weggewischt für immer war sie nun mit einem Handstreich. Die Dinge, die ihm zuliefen, ihn labten und die ihm vertrauten und ihn tranken. Nun scheinen sie endlich, aber zu spät, besiegt, sind tot und stören nicht und lösen sich langsam auf. Verwandte, Freunde aller Art, die aus dem Nichts auf ihn zuliefen. Der Dank ist über ihnen verschüttet. Schlaf nie ein! Der letzte Trip: Ein später Nachmittag, Mitte November. Dann der Abend. Bitterkalt. Sternenklar. Vollmondnacht. Die Nacht ruhelos. Durchgefeiert. Kurz vor Sonnenaufgang. Zuvor der Mondaufgang im Finstern einer eiskalten, klaren Spätnovembernacht. Die kleinen Männchen im Gehirn, Zwerge, die ständig und viel zu schnell quasseln und quasseln und quasseln. Ich hörte ihnen zu, verstand nur undeutlich das absurde, unlogische Zeug und vergaß, was ich hörte sofort, verschollen in neuronalen Kellergrüften. Dämmerung. Die Erde kippt nach vorne. Ich falle mit ihr. Durch das Vorstadtviertel gehend, zu Beginn der Dämmerung. Menschenleere Fuß- und Radwege, Parkanlagen. 70er Jahre. Randbezirke einer Großstadt, die noch schläft. Wohnkomplexe. Balkone. Anlagen. Tengelmänner ohne Zäune. Vögel bevölkern ihre Welt direkt neben meiner. Über mir in den Baumkronen, irgendwo. Müde und erfrischt durch die Kälte nach einer ereignisreichen Nacht. Deja-Vus ohne Grenzen am Ende der Nacht. Ein Tag beginnt. Nun werden die Tage wieder dunkler. Ein Tag hat begonnen. Die Zeit verschwand zwischen Nichts und Unendlichkeit. Ich hatte meine Hausschlüssel und meine Schuhe verloren. Langsam geht es mich nach Hause.

Telefonat mit einem alten Schulfreund mitten in der Nacht. Ein ganz lieber Schulfreund aus der Zeit Dantes. Er ähnelt dem Schauspieler Jack Nicholson. Am Telefon klang er etwas heiser, seltsam fremdartig, dennoch sehr freundlich, wie aus einer Welt vor über 50 Jahren. Ich konnte ihn nicht verstehen. Er murmelte leise. Erst erkannte er mich nicht, dann erinnerte er sich an mich und sprach. Die Telefonverbindung knisterte, war sehr schlecht. Es war ein grauer Wintertag. Die Stimme wurde immer leiser. Irgendwann tutete dann das Freizeichen. Die Leitung war unterbrochen. Kein Kontakt mehr. Niemand erinnerte sich. Weil man sagte, man hätte nichts gewußt.Mein Geldbeutel, mein Hausschlüssel, meine Hose, meine Schuhe waren weg. Auch die Fahrkarte war nicht abgestempelt. Ich wankte durch Baustellen und wußte nicht mehr, wo ich war. Dann ging ich die Rolltreppe runter zur U-Bahn.

Überall lagen tote Fische auf dem Boden, glitschig. Ich mußte über sie drübersteigen, um nicht auf ihnen auszurutschen.

Später am Strand lagen tote Quallen und Rochen, ausgedörrt und verwesend im Sand, nach Salz stinkend.

Das männliche Betriebsratsmitglied beobachtete ich bei seiner Notdurft mit Caretta in der Talerbrigade. Das tut gut.

Nun verstand ich die Sprache der Fliegen.

Und Euklid.

Schön, daß ihr da seid! Schön, daß ihr da wart! So wie wir, werdet ihr später auch fort sein. Community, Globalisierung. Klimakatastrophe. Wir tragen alle durch unsere DNX bei zu unserer Auslöschung. Zivilisation stirbt zuerst. A-B-Bombe, Chemo-Bio-Napalm, etc. Dann: Regionale Rückkehr in die Steinzeit. Oder: Aussterben wegen Pilz oder Virus?

Inkubation. Inklusion. Exklusion. Parameteriale Morganaverschiebungen. Aber alles nur temporal. Erstes, zweites, ..., soundsovieltes Programm.

Dann ein merkwürdiges Phänomen, genannt „Stolz" (nicht

zu verwechseln mit „Schlonz"), der oder das plötzlich in ihnen zu erwachen scheint: Und wieder von vorne. Ausguß verstopft. Abflußfrei und dorten. Hier und Dorten!

Let it bleed. Ich bin jetzt 85 Jahre alt. Wo soll ich hin?

Let it be. Let me die.

Menschen sterben wie Fliegen. Verstehe also die Sprache der Fliegen und die Musik von unten! Einer der größten Komponisten aller Zeiten war zweifellos: von Unten (1914-1945).

Insekten, Bakterien, Urschlamm. Häuser aus Plastik zerfallen. Und werden dann verschluckt vom Erdkern. Die Hindus im Vatikan essen kein Fleisch. Ich habe damals im Vatikan die beste Pizza meines Lebens gegessen. Hauchdünn, etwas Gemüsekrümel, Salbei, ein paar andere Kräuter, kein Käse, nur Olivenöl. Auf eine gute Pizza darf niemals Käse! Käse ist zu einem imperialistischen Produkt einer Versklavungsintelligenz verkommen und degeneriert, die als selbsternannte, sogenannte Elite alles verblendet und den Kontakt zu Welt, Zeit und Materie vaporisiert durch Vernichtung, durch permanenten Paradigmenwechsel, Hypnose, Allmachtsvisionen und elektronisch systhematische Denaturierung.

Mit vollem Karacho gegen die Betonwand geknallt. Umsonst. Urknall.

Doch aus den unterbewußten Tag-Nacht-Traum-Dejavus erwächst eine Erkenntnis über das wahre Verlangen des eigenen Ichs, oder EGOs, wie Unkraut in einem gut oder zuviel gedüngten Nährboden. Ein verdorbener Nährboden aus Kot für verdorrtes, verschimmelndes Getreide für Massenmenschen.

Tarzan, beispielsweise, entstand auf ihm, von dem Adam abstammt. Tarzan ist Porno und Pommes für Kinder, Inder und Affenmenschen und Menschenhaie, die Goofy zu fressen versuchen, wenn er notgedrungen im Meer ums Überleben kämpft im Lustigen Taschenbuch No.: 6. (Seite 23).

Eine Entwicklung aus den Arten und Rassen, innerhalb des

Amöbenstadiums bis zum Wollen, Sollen, Dürfen und Müssen nationaler Fortpflanzung und Verbreitung und schließlich Verbreiterung in vermeintlich zugeteilten Territorien.

Der Wille zum Sieg soll ein Wille zum Dürfen sein. Aber über wen? Darüber war sich niemals irgendjemand im Klaren.

Danebengeballert hat man den Affenmensch. Zwar wird der Affe überleben. Aber es wird ihm nichts nützen. Noch nie hat es ihm genützt, daß seine Spezies anschließend überlebte.

Es handelt sich hierbei um einen Ductus (D. Duc(k)), der hier an dieser Stelle geführt wird. Ein Aufsatzthema in Irrenanstalten, Parlamenten, Krankenhäusern, Gremien, Schulen, Umerziehungslagern, Ausbildungsstätten.

Der Neanderthler hat uns schon Bescheid gesagt und wußte.

Aber müssen wir das wissen? Oder wissen wir es schon und wissen nur nicht, daß wir es schon wissen, obwohl wir gar nichts wissen von dem, was wir über uns zu wissen glauben?

Planet Mars ist Vergangenheit. Verdunstet seine Metropolen.

Venus ist Zukunft (weil: habitabel, Ha! Ha! Habitabel!)

Ein Festschmaus der Hindus.

Geschälte rote Linsen, drei übriggebliebene Fischstäbchen.

Jalfreziepaste, Jogurt, eventuell ein paar übrig gebliebene Pommes vom Vortag, köcheln lassen, zusammen mit etwas Gemüsebrühe, bis alles zerfallen ist. Dann Zwiebeln und Tomaten, grob zerkleinert, und etwas Tomatenchutney zugeben und weiter ziehen lassen. Mit Olivenlöl abschmecken. Kein Salz. Dazu Reis mit Lauchzwiebeln. Als Genuß ständig mißverstandenes Frustfressen. Man frißt den Ärger, die Wut und Demütigung unverarbeitet in sich hinein, kaut auf dem, eigentlich eigenem, Fleisch aller Art herum. Auf Hühnerkeulen und unverarbeitet brodelnden, in Körper und Seele wütenden, Traumen und Trugbildern herum, wie auf unzerbeißbarem Gummi und wird dabei selbst von einer scheinbar unsichtbaren Macht verdaut und krank gemacht.

Apollo, Marsyas! Warum? Nur wir sind der Holocaust einer sich ständig verändernden Possibilität in einem organischen Ablauf einer Form von Sein, die Bewußtheit besitzt als Strafe. Die entwickelte Spezies betrachtet es als Strafe und Verpflichtung, Bewußtsein zu haben und soll, darf und kann es nicht nutzen. Wofür auch? Kein Feedback aus der Eiszeit. Wir sind nur auf uns allein „gestellt" und sollen, können, dürfen, sollten, dürften, müßten, könnten.

Die dritte Strophe des Songs „Autobahn", der Band Kraftwerk bringt diese These auf den Punkt, meint dazu: „Jetzt schalten wir das Radio an, und aus dem Lautsprecher tönt es dann: ..." Menschen aus der Retorte übervölkern die Welt.

Sie tun zwar so als nähmen sie Anteil am Tod eines Menschen, der ein Mensch gewesen sein soll, wie ihr oder DU oder ICH. Aber, wenn jeder einzeln da liegt und an ihm Anteil genommen wird, werdet ihr erfahren, daß euer Anteil nichts wert war, daß sich an euch keiner erinnert und wenn: Dann wird die Erinnerung an euch verlöschen und erloschen sein. Und das ist gut, denn dies ist die Gnade Gottes.

Du wirst erloschen sein, wie alles im Wandel dieser Welt, die uns bildet und umgibt mit ihren Phaenomenen, Elektronen, Strings, die es in Wirklichkeit vielleicht nicht gibt, in einem transitorischen, metamorphen Kontinuum aus Sein, Zeit und Raum. Viele halten sich für Versager und wissen nicht wieviel Gutes sie getan haben. Möge ihnen auf dem Sterbebett die Erkenntnis erscheinen, sie hätten doch Unmögliches errungen. Alle hatten sie nur Angst vor Nazis und Nachbarn. Sie vergaßen ihre Werte, was ihnen wichtig gewesen war von Anbeginn ihrer Zeit, Moral, und die Prinzipien der Autorität, einem trivialen Naturgesetz der Evolution. Wer einmal lügt, dem glaubt man nicht. Sogar Schwester Ratched jagte als Kind, als junges, dummes Ding, ausgesprochen ausprobierend, durch Gnade und Hinrichtung, Geburt und Tod.

Eingesackt wurden von ihr Flächenbruch und Zerfall, einge-
schüchtert, genötigt und bedroht durch den permanenten,
dröhnenden Appell der Etablierten und der Rasse der weg-
weisenden Oberen. Gute Miene wurde zu leichtem Spieler-
ischen gemacht und Notlügen verbissen sich um die Gnade
der Vergebung aller Wahrheiten in sich selbst erst hinterher.
Offen war die Front nun gegen mich. Die massive Bedrohung
und Verdrängung wurde allmächtig und hart.

Dann brach ich zusammen und wurde willenlos und ergab
mich meinem Glück und Schicksal, das darin bestand, daß
Fron und Front mich wegspülten in ein fremdes Gebiet und
weg aus einer mir unbekannten Heimat.

Lieber Leser! Was du hier liest, ist die Story meiner Horror-
Psycho-Autobiographie, eine üble Geschichte aus Alpträu-
men, grausamen Verbrechen, begangen gegen mich von der
eigenen Familie und von den pervertierten Talerbrigaden-
krüppeln, ohne Hände, ohne Füße, ohne Arme, ohne Beine,
ohne Gehirn, ohne Seele, ohne Haut, ohne Blut, Puffmüttern
und Herkules, einem der schlimmsten Serienmädchenmörder
aus Obersendling, dessen Puffmutter, die ihn nur widerwillig
gebar. Sie versagte bei ihrem Versuch ihren Sohn abzutreiben
oder durch Abführmechanismen in ihrer Vulva in den Abort
(ohne Costello) zu manövrieren, so daß ihr Sohn entartet war.
So trieben sie es mit sich selbst, so daß sie Anteil nahmen am
Tod des Menschen, den sie töteten. Und die keine Menschen
waren, wie sie, oder „ihresgleichen selbst", mit deren unab-
dingbarem Kadaverstolz, strotzender Treue, Windhundbe-
harrlichkeit, Kruppstahlselbstaufgabe und Opferbereitschaft
aller Art, man sie verwechselte. Ihre schon toten Lehrer ver-
teidigen sie noch heute und für alle Zeit. Ihre Schüler, loben,
tadeln und hudeln sie aus dem Jenseits der Vorwelt.
Das Feedback aus der Eiszeit der Mammuts transportiert die

Gedanken und das Gedankengut der Vorfahren, „aller Art", Durch DNA und: DNX. Und Selbstschußanlagen.

„Zerstört Herkules, den Puffmuttersohn seiner verfickten Erdhöhlenmutter!" Samt seinem Saustall der Augiasbrut, Abba, Adolf und Adam. Dann: Der Tiroler Isaac baut Babylon mit Arche, Matratze, Mundschutz und Mundschenk.

„Tarzan", eigentlich er, kämpft gegen Riesenspinnen, fleischfressende Pflanzen und Wiener Schnitzel, praepariert für den versklavten, denkbehinderten Unterjochten, der die unartgerecht erzogene, jesuitische, gemartete Sau, einstmals gern auch mal durchs Dorf getrieben, mit rechtschaffenem, grundehrlichem Appetitt, und vor allem mit Heißhunger, in sich selbst hineinschaufelt und in sich einverleibt.

Yodeln und Ora et Labora metastatischer Metaphern.

dora.

mittelgebirge.

Metemmorgana. Die Illusion einer Täuschung. Bilder aus der eigenen Vergangenheit. Wie leichtsinnig lebten diese menschlichen Wesen in der Savanne der Wüste seit 10. 000 Jahren?

Die frühen Hochkulturen vor etwa 50.000 Jahren in den heutigen Sahara-Senken am großen Tschadsee, gespeist durch die Wasser aus dem Hoggar. Flüße, heute Wadis, aus dem Tanezrouft, in der Senke von Tidikelt am Fuße des Tadschejmuth. Weiter südlich verliefen sich im Laufe der Jahrhunderte und Jahrtausende die fruchtbaren Tassiliströme, ergossen sich bis zum Gebiet des Air. Oder aus dem Tibesti, aufgesammelt in Becken in der Senke von Bodele. Dort standen die Tempel und Heiligtümer von Galakka, am Rande des Djourabasees, südlich der Bourkouebene. Oder das Imperium von In-Salah bei den Oasen von Tidikelt, heute zerfallen, aufgelöst in Staub und Sand nach 50.000 Jahren.

Florierende Paradiese einst, auf die, die sich schnell entwickelnde Menschheit über Jahrhunderte hinweg immer wieder zugriff. Ein Entstehen und Verfallen in Jahrzehnten, Stunden, Minuten. Blütezeiten in den Pilgerstätten von Kidal, Katastrophen, Apokalypsen und Wiederauferstehung. Aber was wurde aus den vielen, vielen, oftmals viel zu vielen Menschen? Sie wurden gefoltert, getötet und vergessen!

Und heute? Übervölkerung. Zu viele! 1,4 Milliarden Hühnerfllügel verspeisten allein, die am Fernseher sitzenden US-Bürger, nur während der Übertragung der „Superbowl" an einem einzigen Sonntagnachmittag in knapp drei Stunden. Die Flügel von 700 Millionen Vögeln! Weg! Aus! Sie endeten, so wie wir Menschen enden. Als Massenware und als Material, das gegen seine Bestimmung verbraucht wird. Als Saurier.

Aber von wem werden wir als Massenware verbraucht?

Über Jahrtausende oder Jahrhunderte hinweg. Magische Gebirge, Mythen aus Holz und Stein. Verdorrt und zerfallen heute. Grausam, so natürlich und ohne Zusatzstoffe zernagen sie langsam, noch am Bewußtsein, aber gelähmt durch das Ertragen des Giftes ihrer Opfer.

Konkordiert durch das Fleisch ihrer Brüder aus dem All.

Die Sonnenkulturen überdauerten Jahrhunderttausende bis Dampf, Strom, Micky Maus und die Sonderangebote die Gier des Menschen erschufen und seine Aufmerksamkeit von der Sonne auf das Preisschild lenkten. Die Verameisung des Menschen begann. Vom Individuum zum Haufen. Drei Dinge gibt es nicht in der Natur: Gerechtigkeit, Gnade, Ursache und Wirkung. Doch das Prinzip des Haufens war entstanden.

Die Existenz des Menschen vollzieht sich in drei Akten.

Geburt. Leben. Sterben. Erwachen, verlieren durch Verletzung und sterben durch Untergang und Ausblendung.

Ziel des Organischen ist Perfektion. Und Perfektionierung in seiner abgeschlossenen Vollkommenheit. Das EGO ist nicht im evolutionären Plan, so wie wir ihn begreifen oder zu verstehen glauben, vorgesehen oder ein Bestandteil davon oder hiervon. Ich dagegen wurde von meiner Familie verdrängt und ausgelöscht. Das grausame Urteil derer, die geschlagen sind vom Schicksal. Zum Beispiel Lohengrin oder Schwester Ratched, herausgerissen aus einem Parzival-Zitat. Parzival, Kanalarbeiter, verliert seine Semmel, die die Welt bedeutet. Sie, seine Semmel und die Antike, gleiten ihm aus der Hand. Nun muß er deshalb töten.

Ein Drangsal!

Ein schöner Gruß!

Er gleitet, weil er nicht mehr kann. Er ist aus. Und weil man nie über ihn sprach oder sie nie über ihn sprach oder sie nie über ihn sprachen, obwohl man ihn sehr gut kannte, verschwiegen und verschweigen alle, die sprachen oder hörten, was über ihn gesagt wurde, obwohl, wie bereits erwähnt, niemand über ihn sprach. Ein Totschweigen, das ein Sprechen, ein Versprechen ist, das zum Todesurteil führt. Ein falsch verstandener Irrtum in moralisierender Monotonie endend.

Hörer hören! Auf und zu und ab! Eine immer wiederkehrende Qual. Der beiläufige unbemerkte Raub des Bewußtseins. Das von einer vermeintlich unbekannten, doch herbeigesehnten und gefürchteten Macht genau geplante Zertrümmern beginnender prosperierender Entfaltung. Ei. Wurm. Polarisation. Strom. Strahlung aus dem All. Sie ruft! Ruft sie uns?

Die Rolle und Aufgabe der Demokratie hierbei wird überflüssigerweise diffamiert, degeneriert zum bloßen Vehikel. In Echt geht es um die Erhaltung der Unantastbarkeit der Menschenwürde, nicht um einen politischen Mechanismus. Ziel in der Politik ist nicht die Erhaltung politischer Systheme, sondern der Schutz ethischer Werte.

Es ward Dung. 1 von Trilliarden, wiederholt von gestern und morgen und Morgana. Als Morgana schon lange vorbei ist, leben die Ameisen ganz in der Erde.

In der Erde siegen Ameisen über die Ameisen auf der Erde. „The Redrums" conquern Taiwan. Konker Uk, P, F, D, E, Pr, Von O nach ganz weit weg (Maha... Ha! Ha!... Chi!): „Between Nothingness and Eternity", John Mc Laughlin.

Als MutterTrudl mich gebar, wünschte sich Schwester Ratched, ich würde eingehen oder abgetrieben werden. Ich passte nicht in Schwester Ratcheds Konzept einer von ihr kontrollierten Familie. Ich war immer ein Fremdkörper in meiner Familie, bei meinen Eltern, im Kindergarten, in der Schule, weil ich zu spät kam, nicht vorgesehen war, so wie viele „Punschinder" (Krüppel), bzw. versehentliche „Wunschkinder". Keiner stand hinter mir. Höchstens, um mir in den Rücken zu fallen, angebetet von den Nazinachfahren in Forstenried.

Der Mond spielt in meinem Leben eine zentrale Rolle. Ob ich bei Bewußtsein oder in halbsurrealem Alptraum realisiere, erfahre oder quer durch alle strukturalen Schichten von Erfahrung. Vision, Düsternis unkenntlicher Schwärze bloßen Zerhacktseins. Tag und Nacht. Wasser und Schnee. Weiß und Schwarz. Der Mond zerbricht in winzige Teilchen, die auseinander streben, immer schneller und dabei größer und größer werden. Die Luft in der Nacht ist kalt, klar und schwarz. Sie flirrt durch die Wut der Hühner- und Schweinegötter auf den Spitzen der Pyramiden des Galactic Supermarkets. Der Mond leuchtet am Himmel.

Ich träume jede Nacht. Oft schrecklicher Horror. Ab und zu so lala, aber meistens doch unangenehm. Steine werden nach mir geworfen. Es wird gedrängelt, gegängelt und geschubst. Ich kippe nach vorne und falle aus hoher Höhe. Ertrinke in einer abgeschlossenen, ungeöffneten Dose. In einer Welt ohne Luft. In einem Eimer. Cat Stevens singt dort. Wenn ich irgendwo bin, weiß ich, dort war ich mal. Schon jetzt bin ich gewesen. Ich bin vorbei. Ich muß wohl schon vorbei sein. Der

Traum ist aus. Verschissen statt verkackt. Verschissen gefällt mir als Wort dafür etwas besser als verkackt. Denn verkacken klingt nach Kakao. Kindern läuft er aus dem Maul. Verschissen mit Doppel-S. nach Nadelstichen für die Hundezucht. Ich mag Schweinebraten. Die Soße dazu am besten nicht zu dick, zum Eintunken der Knödelstücke, und:

Nicht ich, sondern: Be Cheese.

The BeeGees, dt.: Beschiß. Oder: Sei Käse!

Der lange Atem. Ein Atemzug. Schwimmen unter Wasser. Die Luft geht aus. Tauchen. In Höhlen. Keine Oberfläche. Immer unten. Die Luft geht aus. Phylogenesenapocalypse. Aminophistenes. Plogastrozeusthenes. Toter Auswurf.

Das Plexoprotopan leidet im Stratozäon. Wasser dringt ein (250-270 Mio. Jahre v. Chr.). Kursk. Sie ertrinken.

Urk. Ubluk (mein Freund), damals 34.567 v. Chr., ich glaube, es war ein Dienstag, da sah ich, wie er mit dem Wasser rang. Durch Mund, Nase, Ohren, Augen, Niere, Leber, Lungen, Herz ins Innere. Ins Innere dringt Wasser ein. Der längste Atem. Geht aus. Erstickt. Erdrückt. Unter dem Nordpol. 5000 Meter Tiefe. Stille. Hört ihr hier den Schall der Ertrinkenden!

Sie könnten sich beschweren. Und sie beschweren sich. Mit dem Kopf unter Wasser. Aus Rache, Wut, Gier und Hilflosigkeit. Damalige Verurteilte. Ein Teil. Das Ur. Insekt. Ameisen in ihrem Haufen. Zupfen sie heraus. Und wehren sich.

Media. Zapft. Zupft. Rupft.

Null.

Doch Millionen Jahre später kehren sie wieder zurück. In ihren toten Bau. Ameisen. Sie glätten. Was auch immer.

Bismarck. Popanz? Dummer Junge? Hindernis? Alter Mann? Teutoburger Wald. Mit Senf, ohne Käse. Er macht dick!

„Das Abseits des Matthäus (AT.: 14,9; Joh. Brief an Gustav)", Ein Monumentalgemälde von Gustav Glumpf (3x5 m).

Auf einer gigantischen Grünanlage in historischer Malerei.

Ist plötzlich. Bezaubernd. Da sitzen sie herum und nicken!
Ist rein. Und noch mehr. Sie nicken immer wieder und ...
Da! Ein Monument! Wo ich bin, sind Spinnen!

Der Mensch gewinnt seine Erkenntnis aus seinem Stuhl, ob er
will oder nicht. Papst Innozenz (1008-1092 n. Chr.) bemerkte
dazu in seiner Enzyklika „Humanum faeces est" bereits: „...
der Mensch ist Kot ...". Das Innerste ist nach Außen gekehrt
ins Antlitz des Betrachters. Das Äußerste ist Innen das Innerste geworden. Durch den Mechanismus Mensch. Die personale, perforierte Essenz der Ursache und der Wirkung seriell
biologischer Fortsetzung der Katastrophe des meist über-
gangenen, vernachlässigten, verdrängten „Humanum".
„... ihr Bürger! Eßt Eueren Stuhl! Denn ihr, Bürger, seid Euer
eigener Stuhl!" Innozenz ... Faeces ... ...
Leerstuhl. Lehrstuhl.
Heiliger Stuhl.
Dachstuhl. „Scheisse!; Live in Concert"
Elektrischer Stuhl. Vorsicht, Herr Maus! Desorapit! Waschbe-
ständig! Ora et lora! Dora et labora!
Alle Wege führen zwar nach Rom. Aber es wurde nicht an
einem Tag erbaut. Aber Nagasaki wurde in einer Minute zerstört. Schlachtschiffe und Semmeln begleiteten den Untergang. Die Opfer wurden und werden genährt durch die Pan-
zersemmeln. Das Brot, das lähmt und nicht nährt.
Das Brot, das tötet, das Hunger nicht stillt. Brot tötet.
Unvorstellbar grausam. Schmerz. Schmonz. Schnurz.

Der Untergang der „Hood". Das größte Schlachtschiff der
Engländer im zweiten Weltkrieg, knapp 280 Meter lang. 1944.
Ein Boot. Eine Arche. Gefesselt an den Mast des Floßes.
Ratzinger, der Kardinal und Papst, erwähnte diese Episode in
seinem Traktat über den Glauben, „Einführung in das Chris-

tentum". Er erwähnt in diesem Zusammenhang den Clown und die „Dörfler" in H. Cox, „Stadt ohne Gott". Oder die Bildvision Paul Claudels in der Eröffnungsszene (inklusive Kreuzestheologie) des „Seidenen Schuhs".

Der Bruder des Helden Rodrigo, des irrenden und ungewissen Abenteuerers zwischen Gott und Welt, als Schiffbrüchiger. Die Seeräuber versenken sein Schiff und ketten ihn an einen Balken des sinkenden Schiffes, das in tosender hoher See nun untergeht. Treibend über dem Abgrund. Ein Glaube an die Wirklichkeit. Glaube ist gebunden an die Wirklichkeit, an die Wahrheit der Existenz der gottverfickten Dörfler.

Die „Hood" bot ihren Matrosen keinen Schutz. Die Besatzung ertrank. Unschuldige Menschen, die hineingezogen wurden in den Schlund der Bestie „Zufall".

Die Matrosen, jeder Einzelne, ertranken. Bis auf Einen.

Bismarck dagegen war der Hüter der Vereinigung der Dinge, denen er ausgeliefert war, die er nicht verstehen konnte und die ihn überdauerten, bis ans Ende aller Zeit. Bismarck, der Lotse, der als Retter auf dem Sterbebett ertrinkend, photographiert wurde von Photographen, die daraufhin, weil sie ihn sterbend fotographierten, zum Tode verurteilt wurden.

Heavy Sea:

Der Nordatlantik.

Unendliche Weiten.

Wassertemperatur 6-8 Grad Celsius im Schatten. Aufgewühlt durch tobenden, entfachten Orkan in finsterster Winternacht. Frank Wright beschrieb auf seiner LP „For John" diese Apocalypse. Bobby Few, Klavier. Noah (!) Howard, Altsaxophon. Muhamad Ali, drums. Frank Wright und Noah Howard, mit ihren großen Saxophonenen, stetig durch dröhnendes Röhren und Tuten ihre Hörer warnend. Sie überdauerten diese dramatische Night of Death. Rambo sang ein Liedchen davon. Night of Death.

Rambo, Feind des Herkules.

Der Mann, den es nicht gibt (US-Serie, ca. 1965, in Farbe).

Der Mann, den es nicht mehr gibt, weil er getötet wurde.

Ein Irrer verteilt an Kinder Bonbons, die in Wirklichkeit giftige Pillen sind. „Fat Man in the Bathtub" (Little Feat). Er trinkt und ertrinkt. Von Vogelwesen umgeben sind die resignierenden Pessimisten. And you swallow mondays soup.

Frank und Albert (Wright and Ayler).

Der Urweltaffe: Mechani-Kong, der Maschinenaffe, ungefähr so wie Herkules II., der TPM-Puffmuttersohn und Nagelpilzlimonadenmitstecknadelnaufdemspielplatzankinderverschen ker. Müde kommt ein Wanderer nach Haus, amputiert.

Beschützer beschütze uns vor uns! Ganze Bäume schleudert er, der sogenannte, bärenstarke Mechani-Kong, wie Streichhölzer ins Meer. Ha! Ha! Ha! Er wirft und schleudert Jahrtausende so vor sich hin, wie immer. Und dann liegt dort tief auf dem Grund des Meeres die „Hood" und der Bruder Rodrigos, dem alles in den Schoß fiel. Ein Anfang, gleichzeitig ein Ende, als entstünde aus Methangasblasen im Sumpf der Ursuppe eine vielschichtige Erkenntnis von Solidarität, Plasma, Familiensinn und Wurmfortsatz einer einsamen Extase.

Vor allem Dir und mir wirft er sie hinterher. Panik bricht aus. Dr. Who und TPMutter sterben zerquetscht unter den tödlichen Tritten des Mechani-Kong.

Und Hundezucht? Sie überlebt. Hundezucht wird es immer geben, bis an das Ende der Menschheit. Bis der letzte Mensch gestorben ist: Hundezucht! Hundezucht und Scheißköter!

Dann ist auch Schluß mit Hundezucht, die niemand überlebt. Fallengelassen von Plumps, dem Dämon: 0,79.- durch feigen Oportunismus des Hanswurscht gefallen in den Untergang.

Erlösung durch Plumps, dem Dämon und Retter. Ja, damals sangen Vico, Lalle plus Heino trotz Zahnstein und Ingeborg lustige und traurige, gute und schlechte, bekannte und unbekannte, klassische und volkstümliche, alte und neue, längst vergessene und unlängst stadtbekannte Liederchen, Balladen, Schnurren und Schmonzetten über die Hundezucht in ihrer ganzen und wahren Pracht mit Glanz und Gloria.

Ein Schlupfloch. Tralala.

Der Sog des schwarzen Meteoritenquallenlochs in Erfurt.

Die Götter des Schifferlfahrens schlafen schon auf Wellen.

„Et tu, Brutus?", stöhnt es heiser aus dem Dunstabzug.

Man kann den Leuten nur empfehlen Deutschland so schnell wie möglich zu verlassen, denn Deutschland wird von Russland oder China, wie üblich, ausgebombt und zermürbt werden. Deutschland wird, wie immer, untergehen, unter Umständen und umständlich, aber doch einigermaßen sicher.

Unser Deutschland, das nicht untergehen darf aber muß oder soll, Umsteigebahnhof mit Trampelpfaden, Übergangslagern, Sammelstellen, ohne Ziel, ohne Wille, Struktur und Plan. Nur noch ein Relikt und Territorium, auf dem eine neue Völkerwanderung stattfindet, die nachfolgenden, bedauernswerten Generationen nichts als Trümmer, Prothesen und Provisorien bescheren und plattgetrampelt hinterlassen wird.

Wir werden in 20-100 Jahren sehen, daß die Wüste Sahara bis Dänemark reicht. Europa, weite Teile Italiens und Frankreichs, der Balkan, die Bauten der klassischen (Ha!Ha!) Antike Griechenlands werden nach und nach in eine Mondlandschaft verwandelt werden, die durch atomare Verunreinigung, durch systematische Zermürbung, Nadelstiche, Erosion aufgelöst sein wird, für die nächsten 3 Millionen Jahre. Die Alpen, eine pflanzenlose Steinwüste und überall Sand.

Es wird sein.

Das Sein wird sein. Wieder auferstanden und vergangen.

Aber mehr nicht. Schon wieder mal nicht.

Es blutet die ganze Zeit an allen ewigen Grenzen.

Und Sein ist Nichts und Ewigkeit.

Stattdessen:

Tannhäuser, der Opernsänger, später Operettensänger, illegal an wohlfeilen Wohlstand geraten, macht jetzt den Obermufti und schwallt und röhrt akademische Hochkultur wie eine Alarmsirene, aus dem die Spagetti, Semmelknödel und Weißwürste, bzw.: blaße Brühwürste aus regionaler Produktion, hervorquellen, als müßte er sich übergeben und nicht singen.

Tannhäuser übergab sich, wurde James Douglas M., Timothy Learys Impressario, und sang Dinge, die die Welt in ihrer Inbrunst niemals hören, sondern von ihnen bekotzt sein wollte.

Tannhäuser: Und seine, ihm verabreichte, schlechte Wurst, weit über dem Verfallsdatum, an der er, sie oder es starb.

Tannhäuser wurde dauernd mißbraucht, denn da, wo er jetzt ist, wollte er niemals hin. Tannhäuser sang ohne zu wissen, wo er war und was er da so war. Voller Inbrunst.

Das ist Tannhäuser! Hochgebildet und einer, der da ist, wo er niemals hinwollte. Weil er ja gar nicht wußte, wo das ist oder wo er war. Er sang und sang, bis sich daraus der Mythos der Blumenkohlwolken herausschälte. Er sang angefüllt von wieder schon befreiter Luft, von Wolken, von Liebe, Wirkung von Ursache, und Bedingung, von wenn, deshalb und weil.

Nach drei Stunden beginnt das Publikum sich zu Tode zu langweilen und hört nicht mehr zu. Es regnet. Das Catering ist miserabel. Und Gewitter drohen. Das Publikum versinkt im verregneten Schlammacker, die Klos sind kaputt und verschissen und Schmeißfliegen belästigen honorige Ehrengäste. So war Bayreuth schon immer. Immer schlechtes Wetter bei Festspielen. Disgusting!

Let it bleed.

Let it be.

Jim Morrison singt Parzival oder Demosthenes, dem Gott der Abflußreiniger. Jim, mit Joint in der Hand und Kaugummi im

Mund, damit die Stimme nicht so trocken ist und er nicht soviel husten muß, während er singt, wird schlecht auf der Bühne bei „Parzival" oder den „Meisterstinkern". Er entlädt seine Suppe voll in die erste Reihe, so wie der Intendant es ihm empfahl und auftrug. „Tu es Jim!", sagte der Intendant und Jim diente und huldigte dem Wagner Richard, Urenkeln und anderen Erhaltern der Hochkultur, die für Repräsentationsschnösel mit Freikarten, Einladungen, eine schier unendliche Liga von Milliardären „aller Art" darstellen, vollgekotzt von James Douglas. Kein Applaus von der Ehrentribühne.

Und Jim sang. Und Apollo kniete vor Marsyas nieder.

Zwar war er müde. Aber das störte keinen. Wichtig war nur, daß er sang. Egal wie, egal was, egal für wen, egal wie lang.

Er murmelte mehr, als daß er sang vom Kreislauf des Grals.

Kaum noch konnte man ihn verstehen. Aber einige wollten ihn verstehen und dann verstanden sie ihn doch nicht und das, wovon sie meinten verstanden zu haben, hatten sie in all den Jahren schon längst wieder vergessen und erinnert.

Für immer häuten und bleichen sie, singen, besiegen sie.

Für immer und ewig, bis der Kontakt abbrach.

Zwischen Nichts und Unendlichkeit.

Jim sang.

Nur die Parzen hatte keiner vergessen. Wie auch? Sie waren ihnen allen ins Gesicht geschrieben und nur durch sie konnten sie Satelliten in ihre Umlaufbahnen schießen.

Die selbsternannten Parzen waren nur ein Schatten ihrer selbst. Und die Parzen, nicht alle aber einige, wurden evakuiert und dann schließlich eliminiert und tanzten.

Shostakoviev, Prokopfiev, Klarabella, Tarzan und Eric Satie.

Die 11.369 Wallküren verspielen und verlustieren sich in Schönbrunn, in Lagern Afrikas, wo durch Antiterraforming, Drohnen, Verschleppung, Auswilderung, Vertreibung, Niederschlagen von Aufständen, Klima, Dürre und Hunger ein

Kontinent frei von Hominiden geschaffen werden soll, so daß dort ein neues Experiment von Aufzucht, Untergang, Hundezucht, Zivilisation und Auslöschung erfolgen kann über einen Zeitraum von mehreren Jahrtausenden hinweg.

Die Wallküren, Ha! Ha! Ha!, permanent umkreisen sie uns.

Aber wozu? Damit man Bayreuth nicht dem Erdboden gleich macht, so wie die Alliierten, oder Stalin, es nach dem Krieg erörterten und forderten, oder auch wollten?

Damit die humane Rasse kontrolliert im Konzentrationslager durch Soilent Green reduziert wird auf ein Mindestmaß?

Eine angebliche Überheblichkeit entsteht aus Sklaven des „Island of Death". Mozart, der Mondmensch (Superbia).

Allmacht und Salzwasser sind ihm zugeschrieben worden.

Strömender Regen. Barrieren. Kein Anymore. Sci-FiStory. Die Insel des Todes. Africa. Montezuma. Atainca. Seit 600 Jahren. Politik. US, EU + CHI, IND wieder verbündet. Dann gegen Afrika. Die Staaten sind eliminiert militärisch und durch klimatische Veränderungen, durch Dürre, Hunger, Drohnen, Verschleppung. Anschließend Internierung in Lagern. Afrika nun endlich frei von Menschen durch Antiterraforming. Extinction. 2066-2079 n.Chr., laut Zeitmanagement. Schwimmen unter Wasser. Die Luft geht aus. Tauchen. In Höhlen. Keine Oberfläche. Immer unten. Hexen. Dämonen. Die Luft geht aus. Aminophistenes. Plogastrozeusthenes. Das Plexoprotopan leidet im Stratozäen. Wasser dringt ein. Durch Mund, Nase, Augen, Milz, Lunge, Leber und Dünndarm. Ins Innerste dringt Wasser ein. Der längste Atem (ca. 12 Minuten) im Innern. Unter dem Nordpol in 5000 Metern Tiefe. Der Schall der Ertrinkenden. Sie beschweren sich. Zu recht. Aus Rache, Gier, Wut, Ausgeliefertheit. Damalige Verurteilte. Ein Teil. Dein Anteil. Das Ur.

Es gebärt Insekten und zupft sie aus dem Haufen heraus.

Millionen Jahre später kehren sie wieder zurück in ihren toten Bau. Hüllen Bismarcks im Teutoburger Wald sind rein.

Damals beobachteten sie bei Gewitter Wolken. Actionbreitwandkino in der Steinzeit. Abstrakt, hyperreal, unmittelbar, sofort und jetzt die Musik der Lüfte und der Bedrohung.

Bei Tarzan war das Wichtigste immer die Jagd. Tarzan muß jagen! Shocking Blue und Middle of the Road.

Ich wurde damals draußen auf der Straße einfach so zusammengeschlagen. Da kam mir jemand entgegen, den ich nicht kannte und der mir im Vorbeigehen mit der Faust ins Gesicht schlug. Ich taumelte nach hinten und fiel mit dem Kopf auf den Asphalt der Straße. Während ich stürzte, verlor ich das Bewußtsein und fiel mit dem Hinterkopf auf den Asphalt. Als mein Schädel auf dem Kopfsteinpflaster aufschlug, muß es geklungen haben, als sei eine Kokosnuß von weit oben auf den Boden gefallen.

Der, der mich zusammengeschlagen hatte, wurde nie belangt, weil von niemanden Interesse daran bestand ihn zu belangen und es hätte sich die Mühe nicht rentiert, weil es sowieso viel zu viele solcher Fälle gab und von Amts wegen kein Personal bereitgestellt war, das diesen Fall hätte bearbeiten können.

Und wen, verdammt nochmal oder bitte schön, hätte es denn interessieren können, da ja nur ich es war, der erschlagen wurde, aus Versehen oder Absicht oder durch Zufall.

Es gab niemanden, den es hätte interessieren können, daß ich erschlagen wurde. Und es hat auch niemand gemerkt, weil man sich nicht mit dieser Form von Gewalt beschäftigen wollte. Es wäre für die vielen Anderen, die nichts von mir wußten oder wissen wollten, weil sie nicht die Zeit dafür hatten, überflüssig und absurd gewesen, sich weiter in diese, meine Angelegenheit zu vertiefen. Warum auch?

Außerdem passiert so etwas mittlerweile so oft, daß die Bevölkerung mittlerweile zu abgestumpft ist und sich für, aus ihrer Sicht, wesentlich wichtigere Themen interessiert.

Und dann lag ich da auf der Straße. Und die Leute, die vorbei kamen auf ihren Weg nach irgendwohin, in die Arbeit, wo sie pünktlich sein sollten, oder auf dem Weg nach Hause, wo sie nach einem anstrengenden Arbeitstag schnell hin wollten, sie dachten sich: „Was macht der denn hier? Schau mal, da liegt einer, der betrunken ist oder krank, oder wie?" Und, um sich nicht anzustecken, oder weil sie Angst hatten in irgendwelche Unannehmlichkeiten verstrickt zu werden und weil sie keine Zeit hatten, gingen die Leute weiter. Einer nach dem a...

Die Leute. So lag ich lange Zeit herum, bis ich starb. Niemand wußte etwas von mir. Und die, die mich kannten, früher, die hatten mich schon lange vergessen, einer nach dem anderen.

Die Leute gingen vorbei und fragten sich, was das ist, das da am Boden herumliegt. Vielleicht ein altes Handtuch? Ein Tier, das plattgefahren wurde im Laufe der Zeit. Ich habe noch nie so viele plattgefahrene Hunde und Katzen gesehen, wie in diesem verfluchten Spanien, unten in der Sierra. Nach vielen Jahren konnte niemand mehr erkennen, was ich war.

Und was soll ich auch schon groß gewesen sein...

Irgendwann, nach vielen Jahren war ich Schlamm geworden.

Dreck, auf den spanische Hunde schissen.

Dreck, der irgendwann weggewischt werden sein worden gewesen sein wird. „Forget ... and be forgotten" (Ann Stevens)

Dreck, der einst entstand.

Damals, als ich tot geschlagen wurde.

Sie nannten mich Dreck. Und, weil sie mich so nannten, entstand ich. Sie, längst plattgefahrenen Hunde aus der verfluchten Sierra. Die Ärzte gaben mir keine Überlebenschance.

Und nun hatte man mich vergessen und ich lag da.

Und sie leben. Nur, weil sie mich getötet haben.

Sie, die Hunde!

Sie leben nur, weil sie sich ihr Leben genommen und geraubt

haben von all den Anderen, die ihre Opfer waren. Die, an die sich keiner mehr erinnern kann und nicht erinnern will,weil man nie über sie sprach.

Der Rotkäppchenstoß. Ein Kaulschlag. Die Initialzündung. Schlag von rechts, seitlich voll ausgeholt und zertrümmert. Fünffacher Schädelbruch und Splitterfraktur. Auge links tot. Höhrnerv im Innenohr zerstört. Dadurch defekter Gleichgewichtssinn, da auch Sensorhärchen verklebt sind durch Blutstockung im Innenohr. Schläfenlappenstauchung durch Gewalteinwirkung mit, in der Folge, Störung des Sprachzentrums und des peripherzentralen Sprechapparats (Coporal-Lappenzyhnthesis, orbal, zyklisch, stereo). Des weiteren Ausfallerscheinungen im Gehapparat des Patienten, 4-bilaterale Koordinationsstörung der delta-neuro-mechanischen Bein-Vor-Und-Rückwärtsbewegung für Gangmechanik motorisch eingeschränkt. Armdefilität durch hämohypophysische Pseudotraktion und Funktionalimmobilität. Im übrigen Patient letal stabil oder instabil. Temporär stationär versorgt. Vor und nach den Mahlzeiten. An Werk-, Sonn- und Feiertagen.

Du bist wie ein Freund. Absurder als das Sein. Absurder als das Leben. Menschen verzweifeln heute. Gewalt ist eine Form der Verzweiflung. Menschen sind Planeten in entfernten Sonnensystemen, in einem permanenten Nichts. Ich liebe dich! Menschen verzweifeln immer schneller und unnötig, weil die Verzweiflung nichts bringt außer Verzweiflung. Der Wurstprophet bändigt die beiden Enden seit altersher, predigt den Sirup des Ewigen, die Autoabgase und die Angst vor dem, was so aus dem Klo kriecht und durch die Peristaltik der Zysten über die Bahnen in den Hypothalamus gelangt, den einst vermutlich Wesen aus dem Sternbild Adler konzipierten.

Aus unserem Sonnensystem herausgeflogen. Es dauert ewig. Und keiner sagt es uns! Die Lügen des Kackwurstpropheten.

Und dann noch mal 100.000 Jahre Minimum, um in ein neues Sonnensystem mit Dorftrotteln, Glymphozyten „aller Art" und anderen Krankheitserregern zu gelangen. Zuviel Zeit für uns. Wir alle sind verloren in der Dimension der Zeit.

Wir sind verloren between „Nothingness and Eternity". Und: „I´ve been buked and scorned!", (Lightnin´ Hopkins)

Die Anpassung der Spezies verwirft den Glauben an das Ich. Funktionierend und durch Evolutionsmechanik patentiert.

Wieder und immer wieder und immer wieder.

Mich betrifft das insofern, daß über mir der uranische Fluch liegt. Ich weiß nicht, wo er her kommt, nur daß er eben für mich existiert. Ich soll von irgendwas oder irgendwem vernichtet werden. Deshalb schau ich mir die furchtbaren Nazimassaker im Fernsehen an, die ständig in den billigen Info-Sendern laufen. Dokus in Schwarz und Weiß von damals.

Sie bringen Hitlers Hunde, Hitlers Frauen, Hitlers Kinder. „Dachau Blues, those poor jews. One mad man, six million lose. The world can´t forget such misery!" (Don van Vliet)

Es ist ein Emotionsgewixe, das die Verdauung, die Eingeweide und die Denkvorrichtung steuert, die die Schissenwaftler auch gerne mal Gehirn nennen.

Aber was ist Denken eigentlich?

Eine bio-chemische Prozedur, ausgelöst durch Kopfsalat und Broccoli, oder Konfrontation mit der Schlechtigkeit der Welt und Hundezucht? Speziell der Schäferhund schält sich uns immer mehr empor in unser bewußtes Bewurstsein als ein vollkommen überflüssiges Subjekt der Einbahnstraßennasennebenhöhlenentzündungsverkotung. Und Lassies diabolischer Voodoo-Totenschädel bleckt und zeugt von der Verderbtheit von Kadavergehorsam und Treueschwur, indirekt.

Die Deja-Vus, schon mal gesehen oder schon oft oder zu oft, stammesgeschichtlich vor 75.000 Jahren. Ich bin eingedost in den uranischen Fluch einer unbekannten Macht, die mir nachstellt. Immer wieder und immer und wieder und immer wieder. Ich wurde zurückgelassen. Man hat mich vergessen in Freundschaft und Familie. Ich lebe völlig allein und isoliert, bis ich endlich sterbe, weil meine Eltern und meine Schwester es so wollten. Ich starb damals, bevor ich in den Kindergarten geschickt wurde, weil meine Eltern, Schwester, Angehörigen nicht wußten, was sie mit mir anfangen sollten.

Sie zerrten mich hin und her von verschiedenen Zuständigkeiteiten und Lagerstätten zu Abgabeterminen für eine Vorbestimmung aus Verwilderung und sozialer Verwahrlosung und verstießen mich in mein Schicksal des Abgesondert- und Ungewünschtseins. Ich war immer allein.

Ich hatte nun die Dimension der Darminnenwand erreicht, die langsam versteinerte zu emotionaler, und empathischer Verwahrlosung, Stuporisierung und Therapielosigkeit.

Ob in der Schule, an der Universität, am Arbeitsplatz. Immer wurde ich gemobbt. Weil man mich für komplett aggressiv und bescheuert hielt. Ich habe keine Gesichtsmimik, die der Normalverbraucher, Rezipient oder Nutzer verstehen oder abrufen könnte aus seinem Kommerzgehirn. Ich spreche sehr langsam wie ein Betrunkener, der die einzelnen Buchstaben der Wörter, die er gebrauchen will, vertauscht und sortiert, so daß er selbst nicht mehr versteht, was er gesagt hat.

Meine Gedankengänge und mein Verhalten, ob Psyche, Wind oder Strömungseigenschaften deplazierten mich aus einer Umgebung, die man die „Gesellschaft", bzw. Motorik, nennt. Doch Gesellschaft ist nichts anderes als ein aufgezwungenes und notwendiges Miteinander, das keiner beherrscht und unter dem jeder leidet. Ich habe es am eigenen Leib erkennen müssen und ertragen müssen. Ausgrenzung, Diffamierung, Verächtlichmachung, Verspottung, Verhöhnung, Anklage, Beschuldigung. Und dann die Verurteilung und die Degradierung zum Todeskandidaten durch Ameisen.

Und nach der Aburteilung und Eliminierung beiläufig unter minimalstem Aufwand verscharrt, so wie eine Katze ihre Hinterlassenschaft, ihren Kot, verscharrt, damit niemand ihn findet, und dieser Kot im Nachhinein als Beweißmaterial dienen könnte, um Rechtfertigung, Genugtuung, Rachegedanken oder Racheattacken zu verhindern, zu eliminieren, systhematisch, um eine Ordnung aufrecht zu erhalten, die das Leben auf diesem Planeten möglich macht für Mörder, für die 99 Prozent an Evolution, die in uns herrschen. Durch unsere, durch Energiezufuhr verursachten Gedanken und in unseren Darminnenwänden, in denen fremde Wesen aus dem All herrschen, nämlich Bazillen, Krankheitserreger aller Art, die mit uns eine Symbiose eingehen, in der wir, oder ich, nur Wirtstier sind für den Augenblick meines Lebens.

Wir Menschen scheinen Wirtstiere einer fremden Macht, ob außerirdisch, immateriell oder irdisch, zu sein. Wir oder ich, bin oder sind, die Opfer, die ausgeweidet werden, so daß unser jämmerliches Wertesystem, unsere Menschheitsgeschichte, unser Glaube, Erkenntnis komplett zerfallen zu völliger Bedeutungslosigkeit, weil wir unfähig sind einen Kontakt zu unseren Darmbakterien herstellen zu können.

Die Außerirdischen sind in uns. Im Darm. Im Blut.

Das Immaterielle ist in uns. Man merkt es erst später. Zu spät.

Das Transluzente ist in uns. Im Gehirn. Es sagt.

Morgen.

Aber keine Spur von Hochkultur. Kultur ist meistens Unterdrückung. Ein ständiger Machtkampf wie in einem Ameisenhaufen. Zivilisation, Erkenntnis sind Endprodukte des Verderbens. Die einzelne, durch Geburt und Tod begrenzte Existenz, metamorphiert zu einem Fliegenschiß der Existenzialität. Aber Politik und Kultur existieren kaum und wenn ja wozu? Die Mayas schnitten lebenden Menschen die Zungen aus dem Kopf. Die Azteken auch. Die Europäer. Die Asiaten.

Die Afrikaner. Überall wird drangsaliert, getötet, ausgerottet und vernichtet, gefoltert und lebendig verbrannt.

Wozu Leben? Wozu Leben für uns? Für jeden Einzelnen von uns? Knochen werden an lebendigen Menschen zertrümmert. Das Anorgane hat es gut. Organismus ist ein kranker Prozeß einer Selbstvernichtungsmaschinerie, die uns unwillkürlich, gottgewollt oder absurd erscheint. Uns zumindest. Aber, wer sind wir? Vor allem, wer bin ich???

Die Inder haben es schon immer gewußt, aber nie jemandem erzählt. Sie haben uns zum Narren gehalten. Nur Eingeweihten, Eingeseiften sollen sie sich geöffnet haben. Sie haben mich zum Narren gehalten! Ein esoterisch, elitärer Klüngel, hinterlistig und indirekt gewalttätig. Warum waren sie so?

Jeder einzelne Inder ist ein armes Schwein. Wahrscheinlich irgendwann ertrunken im Hochwasser. Alles einfach weggespült. Die paar Habseeligkeiten, Armseeligkeiten, Opa, Tochter, Hurensöhne, die lustigen Beschißbrüder, die Augenlosen, die Enkelinnen, beide Nutzniesser, Baulöwen, Behinderte, geistig Behinderte, die heiligen Überflüssigen (sic!), das was einem am Herzen lag und unentbehrlich. Weg gespült von Wassermassen, von gigantischen Massen! Die Überflüssigen ertranken. Billionen waren es im Lauf unserer endlosen Zeit.

„Du kannst ihnen erzählen, was immer du willst, denn sie werden dir glauben, weil du der Messias bist. Sie werden dir glauben, weil sie nicht anders können als glauben. Und warum? Weil sie nichts wissen, von dem, was wir glauben zu wissen.

„Wir aber wissen!"

Ich Ameise! An mich wird sich niemand mehr erinnern.

Keine Kinder, keine Enkel, Neffen. Keine Großenkel- oder Großneffen, die groß müssen. Weil sie beschäftigt sind mit ihrer Nothdurft. Sie werden und werden und werden sterben und sterben und werden sterben.

„Time goes on

Life goes on

... Forget ...

... and be forgotten" (Ann Stevens, die Frau des Jazz-Schlagzeugers John Stevens, der so phantastische LPs machte, wie „Oliv", „Tangent", „Birds of a Feather", „With Bobby Bradford" und „To Make A Fire")

Ich habe sie nie gekannt und werde sie nie vergessen.

Herkules, der Sohn der Puffmutter Erdmuthe, „versaute" (so waren seine Worte), einst einen Ameisenhaufen, indem er ihn mit Kloreiniger und Haarspray abdichtete, so daß der Ameisenhaufen abgedichtet war und zum verfaulen verurteilt war. Herkules löschte nicht nur eine animalische Kultur aus, sondern Zivilisation, Leben und Welt. Nur sich selbst nicht.

Heil, Herkules!

Verdammt sei die Vernunft, auch deine, denn sie bringt nur Kampf, Korruption, Krieg und deinen und unseren und meinen Untergang und den der Übrigen und Tod.

Heil dir, Ameise! Heil dir, Herkules! Heil dir, Tarzan!

Verflucht seiest du, Puffmutter des Herkules! Verdammt und verflucht sollst du sein, Herkules! Ab ins Plantschbecken zum heiligen, gottgewollten Krokokillen! Schwing, Tarzan!

Du, nach Nillenkäse stinkender, Sohn deiner Puffmutter!

In der Wiedergeburt findet der Austausch statt. Mein Leben ist aus. Oder es war schon aus. Oder es begann noch nicht.

Sie existieren! Ich liebe Jesus Christus. Aber glaube ich an ihn? Die Biologie sagt zwar bla, bla, bla .... Ist unser Wissen Glaube? Oder doch unser Glaube Wissen? Wenn ja, warum? (Martin Heidegger).

„Die Zeiten, in denen die Haut der Spiegel der Seele war, sind vorbei" (Gard Haarstudio, Binella jeunesse).

Ich werde Bakterium in einer Darminnenwand. Kein Hirngespinst, sondern die Gedankenwelt der „alten" Ägypter vor circa 10-5000 Jahren. Woher hatten sie dieses Wissen?

Dieses Wissen kommt aus der DNA-RNA sämtlicher Lebewesen des Planeten. Diese sekundäre, polydimensionale und unentschlüsselte Form von Erbmasse wird auch als XNA oder YNA bezeichnet. Von den primitivsten Mikroorganismen, Einzellern oder Amöben, bis jetzt gilt:

Du bist das, was jemals war auf diesem Planeten.

Hör in deine DNA!

Hör die Amöbe! Hör dich selbst!

So wie die Erfüllung deines schönsten Traums!

Überschwemmungen in Herkules Augias-Sauställen. Verunstaltet durch Sozialisation, Herdentrieb, Resignation, mißverstandener Fliegenschisse. Die Toten der Ägypter von damals peinigen uns durch ihre Gegenwart in unseren Körpern und Leibern. Ins Gras beißen sie pausenlos. Ins Glas gießen sie pausenlos aus dem Jenseits. Üppig und übermannt.

Das donnernde, dröhnende Schnarchen über spitzigen, splittrigen Angstschreien, keimende Unruhe, Verzweiflung, Hohn, Furcht, Vertreibung und Flucht ins Dunkle.

Irgendein Tropfen bringt dann das Faß zum Überlaufen. Die Matratze ist zu stark aufgepumpt und platzt. Und ein bis an die dritten Zähne bewaffneter TechnoFreakMassakerAmok-Läufer, der sich gut auskennt mit Sprengstoff und Schnellfeuererwaffen, wird die Schreibtischtäter und ihre Skretärinenhasis, während dem Blasen, im Gesicht entstellen, wegpusten und ihnen die Gänseblümchen verbiegen.

Wimmern und Zittern explodierender Einspritzmotoren. Mit Panik, Schweiß, Brühwürfel und Blut. Mit Spritze injiziert und gestürzt in Ausweglosigkeit. Äonenächzen, während in einer Attosekunde ganze Stämme, Klassen, Ordnungen, Familien, Gattungen und Arten aller Art bereits entstanden waren und wieder weggewischt wurden im Augenblick und weggewischt worden sein werden bis Mittwoch.

Mit bloßem Auge nicht sichtbare Blasen sind nicht sichtbarer Staub eines verwüsteten Planeten, dessen Bewohner nicht im Einklang mit der Natur sondern mit Nestle leben. Er zwickt im rechten Oberarm mit abgelaufenem Balsam. Insekt, Käfer, Krokodil, Mensch. Alte Saurier rülpsen aus den versteinerten Metropolen ihre Horrortrips, schnappen panisch nach Luft. Gott als Knopfdruck. Luft geht aus. Ein Volk ohne Luft. Die Maden in der Brust der kranken Amsel klagen, weinen. Eingedrückt in ein versteinertes Blechwrack mit Polstern. Jahrmillionen alt und eine Wurst, die platzt im Kraut. Ein blutkranker G-Gott, der als Wurst im Kraut platzt. Blutkranker Gott, wie eine frischgeduschte Jungfrau vor dem ersten Geschlechtsverkehr, der man bei der Gelegenheit die Fresse einschlägt, sie in einen Sack steckt, wie so oft, und mit einem schweren Eisenknüppel so lange auf sie einprügelt, bis von ihr nur noch Scheisse und Blut übrig ist. Während der Sack den Teppichboden ruiniert, läuft Schweinchen Dick, damals im Jahre des Herrn 1968 n.Chr., im Zweiten in Farbe. Der Kopf ist oder scheint tot. Ein ausgegrenzter Nutzniesser und Schmarotzer an unserer Seele bin ich und wurde gerecht bestraft. Du, Mörder unserer Seele! Hau ab! Verpiß Dich! Geh weg! Krepier endlich! Du, du unnützes Subjekt!!! Die gehobelten Späne waren die Opfer sinnloser Aufstände. Ein Zen-Chinese, namens Sa-U-Fen (399-319 v. Chr.) lehrt den Ausweg in Chon-Jhiak im Glug-Gluk-Kloster mit seiner sogenannten Weisheit in ihrer indoktrinierten prallvollen Pracht. Eine Allegorie der Ergebnislosigkeit, ein Hornbacher Schiessen, ein Ungetüm oder doch nur ein Getüm? Ein Phänomen, für das es eine ganz natürliche Erklärung gibt? Oder geben könnte? Es passt und macht sich breit. So breit, bis der Druck steigt und die Membran platzt. Und die Allegorie aus ihren

Adern quillt. Herr im Himmel! Gott ist Wasser! Und Luft!
Zu Tode gepfählt im Blutrausch uranischer Rache! Gnade!
Der Membran, oder heißt das, die Membran? Ein Irrtum?
P! P! Platzt! Wegen Gott und seiner Drogen! Jetzt!
Meinen Geburtstag schon wieder vergessen, wie jedes Jahr!
Peng!!! Aber kein Mensch war da.

Ein Spulwurm quillt aus Schwester Ratscheds offenem Maul
der Nebennasenhöhlenwürmer, die ihre Erinnerungen erbrechen und das von ihr vergewaltigte Schwein, mit dem sie
einst auf ausgedörrter Weide weidete, an ihrem eigenen Loch
hängend, ausspie und daran beinahe erstickte, oder doch?

Der Bruchteil des Nichts, der Bruchteil der Ewigkeit ist bald
vorbei, nach Trilliarden von Jahren und auch das „Jetzt", die
sogenannte Gegenwart. Schon vorbei! Vorüber!

Gibt es Trilliarden denn eigentlich wirklich? Oder ist das nur
eines jener Hirngespinste, eine Fatamorgana der Logik?

Die Mathematik sagt, es gibt sie und sie weiß auch warum.
Und sie glaubt, warum. Die Mathematik sagt ja. Aber außerhalb der Mathmatik, sagt die Mathematik, daß: ... auch?

Was die Mathematik außerhalb der Mathematik sagt, ist Metamathematik oder Hypermathematik. Aber als logisches Ge-
dankenspiel hat Mathematik bisher immer das Wissen und
den Glauben, diesen zwar etwas weniger, begleitet.

Mathematik sagt, sie sei auch ein Konzept, beziehungsweise
eine Konzeption des Bruchteils des ewig Unendlichen.

Der Bruchteil! Wir verlieren unsere Chance. Eine Chance, die
wir hatten ohne Punkt mit Umgebung des toten Kopfes. Eine
Chance gab es nie.

Es gibt keine Möglichkeit, vulgo: „Option".

Die verbrennenden Menschen!

Sie, sie sind in eingeklemmten Beifahrertüren eingeschlossen,
durch die sie raus wollen ins Freie. Sie wollen Luft. Aber der
Personenkraftwagen versinkt. Und du nicht. Denn du bist in

Sicherheit. So glaubst du!

Unser Planet ist unscheinbar winzig klein. Wir leben als Mikroben auf ihm. Von anorganischer Chemie „kontrolliert".

Jeden Tag, wenn wir spazieren gehen, ist über uns das All.

Wir schrauben an Dingen herum und verweilen in einer Oase des Sperrmülls und rektalieren uns durch eine vorbestimmte Wirklichkeit, die, uns unbekannt, verweilt, uns sein läßt.

Sofort vergehend, völlig unbekannt, uns auslöscht.

Ausgeworfen und unerkannt erodiert vor uns eine bunte Vielfalt in einem schwarzen Schlund aus Schleim, purer Destillation und unheilschwangerem Erbrechen eines Bäuerchens zu Beginn der Fahrt ins Jenseits, zu Beginn der Reise, zu Beginn des Knatterns zwischen den Seiten- oder Mittelstreifen des grauen Bandes zwischen den grünen Rändern.

Das Knattern, das gar nichts kann oder gar nichts dafür kann.

Eine „Vielfalt", die keinen berührt.

Seit Jahrzehnten wird uns erzählt, daß man zu Spagetti mit Tomatensoße Salat essen muß. Salat ist meiner Meinung nach ein Dämon wie Dampf oder Strom. Salat (lat.: Sallust). Sallust ist falsch übersetzt und überschätzt. Ein Rhetorikpapst für Parteimitglieder, die nichts anderes im Sinn haben, als nach „oben" zu kommen, „Karriere" zu machen, als was auch immer, Hauptsache die Kasse stimmt.

Euclid wurde verwechselt mit Orang-Utan durch Spaltung.

Mozart ist Affenmusik und Kinderspiel. Technisch versierte akademische Ausbildung, die nur plagiathaftes Epigonentum ermöglicht, das wohlfeil klingen sollte. Doch ohne dem Wirken von Erfahrung und Erkenntnis, die autobiographisch gewachsen sind, bleibt sie rein technisch und kunsthandwerklich, und damit künstlerisch bedeutungslos. Es entstanden lediglich Kunststückchen aus der Retorte für aristokratische Förderer, die es mit ihrem Engagement vielleicht gut meinten aber leider keinen Bezug zum Wesen der Dinge haben. Ihre

Ideenwelten sollen von angehenden Künstlern in ihrem Sinne realisiert werden. Aber diese können die Ideenwelten nicht verstehen, weil ihnen eben der Erfahrungshintergrund fehlt.

Es entsteht so, manches mal, Musik für Kulturschnösel, Investoren, Anteilhabern, Mitentscheidern und Päderasten, die sich als Touristen in Verona „Aida", „Tosca" oder „Texaco" anhören. Durch ihr Gebaren wird durch Eitelkeit und Einbildung und aus Gewinnstreben das Eigentliche der Kunst untergraben und die Entfaltung des Menschseins behindert und verhindert. Kunst, und damit natürlich auch Musik, ist politisch und spirituell. Doch meist nur ein Objekt der Begierde der Wirtschaft.

Aber Mozart, zumindest in seiner frühen Zeit, war weder das eine noch das andere. Mozarts Musik ist daher lediglich drollige Unterhaltung für Zirkusbesucher.

Richtige Künstler dagegen werden aus Schaden nicht klug sondern scheinheilig. Und es sterben mehr Leute im Straßenverkehr als durch Haschisch. Menschen aber sterben immer. Haschisch ist nur verboten, weil es als die „Droge" der Linken, Hippies, Gammler, Künstler, kurz der Andersdenkenden und somit auch einer winzigen Minderheit in der Gesellschaft diskreditiert, diffamiert wird. In Wirklichkeit ist Hasch ein Genußmittel für jeden Menschen.

Das, dem Haschisch angedichtete, Suchtpotential liegt in Wirklichkeit in der Psyche des einzelnen Menschen. Wer unaufgearbeitete Konflikte oder Probleme in sich spürt und wälzt, der ist tatsächlich suchtgefährdet, weil er versucht diese Konflikte und Probleme zu verdrängen, wenn er sie nicht verarbeiten kann, und das kann zur Sucht nach einem Stoff, ob Alkohol, Zucker, Fett, Nikotin, Cannabis oder sonstigem führen. Aber ursächlich für eine Sucht sind diese Stoffe nicht, sonst müßten ja alle Menschen mehr oder weniger süchtig sein. Dennoch wird uns Haschisch als Genußmittel oder als

Therapeutikum, als Ferien vom Ich und Lustig- und Glücklichsein verweigert, obwohl es eigentlich Aufgabe unserer Rechtsordnung wäre, Minderheiten zu schützen, Religionsfreiheit zu gewähren, die Freiheit des Einzelnen zu wahren und zu fördern. Das Verbot von Haschisch ist, nur rein politisch motiviert, von Mehrheitsparteien, die durch ein Durchsetzen des Verbots versuchen ihre Wähler nicht zu verlieren.

Daß die Regierung sich mit diesem Verbot stillschweigend über die Richtlinien unserer Rechtsordnung hinwegsetzt, spielt dabei keine Rolle. Darüber hinaus erscheint es aus Sicht von Regierung, Wirtschaft und Industrie sogar mehr oder weniger wünschenswert zu sein, daß Menschen ihre traumatischen Konflikte gar nicht lösen sollen und krank und abhängig, zum Beispiel von Medikamenten oder Institutionen, sein sollen, um leichter steuerbar zu sein.

Am besten wäre es, das Bundesverfassungsgericht würde dazu ein Grundsatzurteil liefern, aufgebaut auf „unserer" christlich orientierten und die darüber hinaus Menschenwürde respektierende Grundordnung, die auf dem „Bonum Humanum" der Ethik fußt und auf der Trinität des Personal-, Solidaritäts- und Subsidiaritätprinzips.

Es geht letztendlich um die Wahrung der Chance auf Verantwortung und Eigenverantwortung in der Kunst im Leben und beim Rauchen. Das menschliche Bewußtsein ist eine Blüte, die in Sekundenbruchteilen platzt. Durch Impulskontrolle vermittels Darkpatterns. Das Ende des TV-Fernsehens.

Gute, alte TV-Klassiker der 60er und 70er Jahre wurden weggeschmissen aus Platzgründen, Leichtsinn, Unaufmerksamkeit, Routine, Unwissenheit, Empathielosigkeit und Bindungslosigkeit zum Selbst, hervorgerufen durch Helden- und Herdentrieb und chronischer, permanenter Verameisung.

Das Fernsehen wurde zu einem Medium ohne Platz. Ein Medium für die politische Agitation und Beeinflussung von

Wählern durch den Mainstream der Wirtschaft, der Politik und der machthabenden Kontrolleure einer subinternen Vernetzung des Profits weniger Oligarchen. Die Bild-Zeitungen wissen ein Bäuerchen darüber zu rülpsen, aber inkonsequent hustend, angesichts der Pracht horrender Folgen.

Pardodis vinceretur in milis corsa. (Anusulus; 0,13 v.Chr.)

Es ist existentiell wichtig, zu den oben genannten Traumatas und persönlichen Verletzungen, die das „viel zitierte", sogenannte „Suchtpotential" darstellen, Distanz zu bekommen.

Die Verarbeitung innerer Konflikte bedeutet, diese in ihrer wesenhaften Ursache zu erkennen und als ein Kontinuum von Ursache und Wirkung von Verursachern und Wirkern zu begreifen. Und man muß sich selbst als Teil dieses ganzen begreifen. Als Teil einer Kette von Zusammenhängen, die sich weit, weit, weit, weit, weit, weit, weit zurück verfolgen lassen können.

Demut. Entmutigung. Aufgabe. Erlösung.

Alles, was in den Körper hineinkommt, wird von diesem verarbeitet. Vieles wird ausgeschieden.

Vieles wird Teil des eigenen Körpers durch die Dämonen.

Alles, was in den Körper gelangt, ist Materie, organische und anorganische, und Schwingung, Strom, Dampf und Licht.

Wenn zuviel von Außen in den Körper kommt und dieser es nicht verarbeiten kann, entsteht im Körper „freie" Energie, die im Körper bleibt und ihn bearbeitet, sogar tötet.

Ist der Körper schwach oder traumatisiert, kann diese „freie" Energie den Körper angreifen und ihn schädigen. Peng!

Negative Körperenergie schädigt und macht krank. Aua!

Positive Energie im Körper aber stärkt den Körper.

Schwarze Karten werden auf den Tisch gelegt.

In der Tarotspielkartenebene lädt der Erzähler ein kleines Mädchen ein zu einem Flug in seinem Tarotflugzeug. Wohin er mit ihr fliegen will? Keine Ahnung. Aber Baby Person erzählte Elixir Sue, daß sie viel Hilfe benötigen würde und daß wahre Freunde sehr selten seien.

Es lägen Rasierklingen auf ihren Wegen, die sie gehen sollte, so daß man sich, bei gezwungenermaßen Barfußgehen, weil Schuhe zu teuer für Elixier Sue waren, und sie Schuhe sich deshalb nicht leisten konnte, die Fußsohlen aufschlitzte. Und Mäuse werden in den Backofen als „Festmahl" (Shri Praphupada) getan, weil es nichts anderes zu fressen gibt.

Das erzählt auch Automatic Sam Everready Betty und Prestcold Minnie. Prestcold Minnie, mit ihrer langen, schwarzen, wehenden Mähne. Mit ihrer langen, schwarzen, wehenden Mähne. Mit ihrer langen, schwarzen, wehenden Mähne.

Lange, schwarze, wehende Mähne. Wahre Freunde sind sehr schwer zu finden. Sehr schwer.

Lange, schwarze, wehende Mähne.

Schließlich wird alles verheizt von der großen Fliege, mannshoch sitzend auf dem Thron, wie bei Hieronymus Bosch. Die große, große Fliege verheizt und verheizt pausenlos. Sie frißt und frißt. True friends is hard to find. Sie frißt und frißt und legt ihre Eier ab in den Ameisen im Wald. Der Wald verschwand im Blatt. Das Blatt fraß der Wal.

Ameisen fressen mehr Fleisch als alle Karnivoren dieser Erde.

Die Mystiker. Geburt. Leben. Sterben.

Schon wieder glauben wir an Götter. Ausgegraben werden sie aus ihren Grüften und zur Schau gestellt, Ramses Trödel, gefälscht und befeilscht, daß sich die Balken der Investoren biegen. Da wird uns Gerümpel, als historisch, schamlos feilgeboten, das höchstens für die Innenarchitekten von Großraumpalästen für pseudohonorige Oligarchen, Machthaberer und ähnliche Magnaten, Investoren dekorativ als Protzstatusobjekt prostituiert wird. Vor unseren sehenden Augen absolviert sich diese Mischung aus Kasperltheater, Kindergarten,

Irrenhaus und Auffanglager in ihren Kaufhäusern, Klicks, Bestellzentren und Stätten der Begegnungen.

Mutige Mitbürger dagegen werden beschuldigt. Und sie essen, wie der kleine Junge in The Shining, am liebsten Pommes frites mit Ketchup und Schokoladeneis.

Für die verbrennenden Menschen muß ein Sozialdienst eingeführt werden, für Alte und Kranke. Jeder dient vom 20. bis 25. Lebensjahr. Sonst drohen Tartar(-os), Hölle. Tartor, Gott der Hölle, Senf und Tartex, stillt seine zappelnde Brut.

Dienen in Demut ist der einzige Weg zu Gott und Liebe.

Die verbrennenden Menschen. Viel zu viele. Wo sollen die alle hin? A. Sch., der Lagerkommandant des Vernichtungslagers Bergmann-Hauzenberg, entschied durch Kopfnicken oder Kropfschütteln, ob Vernichtung durch Arbeitslager oder Vernichtung durch Gaskammer. Er hatte kein Herz für Tiere, Kinder oder Computer-Inder. Er machte aus Leuten Kleider. Und kleudete Inder aus Gas. Und sein unablässiges Kropfwackeln schüttelte nach und nach, die schon am Boden liegenden Waben und Larven der Ameisen, die Dienstags stolperten. Der Schuster muß bei den Dächern bleiben, damit der Stamm aus dem letzten Apfel pfeift.

Entspannt verbreiteten sie sich auf jedermanns Fußboden und bildeten Basis, Halt, Gerechtigkeit und Freiheit.

Für stapelbare, lagerungsfähige, effizient eliminierende Ware. „Bei uns nicht!", tönte aber jener, oder dieser, stets.

„Wir haben keinen Platz für Menschen oder noch mehr Menschen! Das ist schier und ergreifend Pech und unmöglich das ausgehackte Auge der Krähe. Verloren des Rufus Verlust!"

„Wir Menschen müssen raus!", so sagte der Minister, ein Abgesandter der Regierung, der uns weismachen soll, daß wir viel zu viele geworden sind und nachverdichtet werden sein sollen, damit Platz für alle Monstren da ist. Platz für die hilflosen, verlorenen Ausgeburten einer ziellosen Evolution.

Wer sagt, daß das Leben ein sakrales Heiligtum ist, erzählt Unwahrheit, lügt, will blenden und braucht viel, viel Geld.

Leben, fressen und gefressen werden. Das Leben ist eine Entartung von Definition, Ursache, Wirkung und Folgerung.

Die Blasphemiker sagen, das Leben sei kein Wunder, sondern eine „Todsünde" Gottes oder eine Entartung der Materie.

Eine vielleicht rein chronische Erkrankung des Wasserstoffatoms und nur durch Meteoritenimpfung zu bekämpfen und zu heilen. Transletalisten fordern oder raten, als Gottesdienst oder zur Erlösung der Menschheit, zu einer Eliminierung des Lebens an sich. Nicht nur des menschlichen Lebens.

Sie betonen das Recht des „Einzelnen" auf die Freiheit, des Existierenden und des Menschen, sich zu erlösen von dem Leben und dem Leid.

Dies erscheint wie eine Befragung des Unendlichen, des Leblosen und des Todes nach seiner Existenzialität. Ein Dilemma wird als „schwarzer Peter" weitergegeben an etwas, von dem wir nichts wissen. Die Abgrenzung des „Ich" zum „Du" spielt hier eine Rolle als Ausgangspunkt von Leid und Irrung der organischen „Schöpfung". Es gibt eine Schöpfung, aber keinen Schöpfer. Die Transletalisten sind aber keine Gefahr für die Menschheit oder das Leben an sich, denn sie betonen lediglich die Unantastbarkeit der Entscheidung des Individuums, solange es nicht andere einschränkt. Denn alle sind gleichberechtigt durch ihr Dasein und müssen daher respektiert werden.

Das Sein quält uns. Das Sein ist ein Fluch von Dämonen aus dem unbekannten, irren Reich der Toten, aus dem Reich der Rache, der Gier und der Angst. Und des damit verbundenen Wunsches andere zu quälen und Alleinherrscher zu sein und Recht zu haben über die anderen. Gefördert wird dadurch eine Art opportunistisch gesteuerter Frömmelei, die zu Kadavergehorsam und Selbstaufgabe des eigenen „Ich" zu Gunsten scheinbar honorigerer Personen, aufruft. Und uns stetig mahnt und auf ihre Daseinsberechtigung pocht durch primitive Schlagzeilen, Befehle und der technologisch konstruierten Gehirnwäsche einer seelenlosen Kaste von Sklaven. Oder? Was wir brauchen ist Nichts. Keine Luft, Wasser, Nahrung. Wir brauchen Nichts. Keinen Raum, keine Zeit.

Wir brauchen Nichts.

In allen meinen Träumen und Vorstellungen sehe ich, daß ich Nichts brauche! Weil ich nicht bin. Vielleicht bin ich nicht.

Ein Morgen, Dämmerung, Reste der Nacht, überall Schlaf.

Und die mufflige, empathielose Schwester Ratched hielt den deutschen Spielfilm „Mensch ohne Namen" von 1931 für eine Komödie und lachte sich schief, als er, der Mensch ohne Namen, sich vor das Bahngleis stürzte, um sich aus Verzweiflung, weil ihn niemand mehr kannte, zu töten. Sie lachte so laut und ausgelassen, daß sie ihren Kopf so nach hinten warf, daß man das Zäpfchen in ihrem Rachen sehen konnte, nahe ihrem Schlund. Wonach sie sich so aufbäumte, wie ein ungebärdiges Pferd, noch kindlich naiv, aber wegen ihres fortgeschrittenen Alters eigentlich eher dumm und unerfahren, um sich nicht an ihrer Verachtung vor der vermeintlichen Tollpatschgkeit des Soldaten, der katathonisch traumatisiert aus dem 1. Weltkrieg zurückstolperte und sich nicht mehr an seinen Namen erinnern konnte und den auch keine Nachbarn mehr zu erkennen glaubten, zu ergötzen.

Mit einem schweren, schweren Eisenknüppel wurde Schwester Ratched von ihrem Opfer geprügelt. Solange bis von ihr nur noch ein zerschlagener Kadaver aus Knochensplittern, Blut und Scheißdreck übrig war. Übertötet wurde sie über einen mystisch ewigen Zeitraum hinweg, so wie Marsyas von Apollo zu Tode gequält wurde und niemals mehr sein soll.

Der „Mensch ohne Namen" kam aus dem Krieg zurück nach Hause, und keiner erkannte ihn mehr, und selbst er, konnte sich selbst nicht an sich mehr erinnern. Er starb dann allein und keiner kannte ihn und keiner konnte sich deshalb an ihn erinnern. Er starb in seiner Heimat, irgendwo.

Als ich im Elendsviertel von Hollywood wohnte, am Stadtrand des Starnberger Sees in Percha, kamen sie aus einer Ecke auf mich zu. Sie waren meine Heimsucher, die mich gefunden zu haben glaubten. Vertrieben aus den Elendsvierteln von Monaco. Gejagt von den Monakkern, so wie die Jusen und die Niffer aus Alabama vom Gluck-Gluck-Clan, und die Protoleten, denen man diese Verleumdung ins Gesicht sagen darf, um sie willkürlich und absichtlich zu verletzen und zu instrumentalisieren, zu kränken und zu provozieren, für Verbrechen, die konstruiert und gemacht wurden von denen, die die Macht durch Geld haben. Und vom Fanclub aller Limonadentrinker. Die haben mich zusammengeschlagen!

Die waren es!

Gefährliche, gewaltbereite Jugendliche, die mich provozierten und anpöbelten, damit sie einen Grund haben mich zusammen zu schlagen, weil sie stärker waren als ich. Ich werde oft von Alten, Deutschen der frühen Nachkriegszeit angegriffen. Im Sinne von Greifen oder Ergreifen. Man will mich ergreifen, und dann? Degradieren, diffamieren, zerstören, vorführen vor den eigenen Familienmitgliedern zu deren Gaudium. Und um wenigstens auf diese Weise Nutzen aus mir zu gewinnen. Mutter Trudl lachte eifrig mit, wenn mich Schwester Ratched aufs Glatteis führte und sich köstlich über meine Dummheit amüsierte oder Nachbarn mich zu Unrecht beschuldigten. Sie, MTrudl, lachte mich an, als sie starb.

„Passt dir was nicht, du alter Mann? Sollen wir dich etwa töten?", sagte der gewaltbereite Jugendliche. Ich zielte auf ihn mit dem Finger und sprach zu ihm:

„Töte mich, denn du bist der Sohn Gottes!

Du allein hast das Recht über mich zu entscheiden, ob ich

weiterleben oder sterben soll, oder nicht!

Du bist der Sohn Gottes!

Richte also über mich und töte mich!

Ich will deine Schuld tilgen, indem ich mich dir opfere, denn ich bedeute nichts in diesem Universum und du alles!

Ich bin nur, weil du es zulässt, daß ich sein darf!

Ich werde vergehen, wie ... .. . !

Ich werde Staub!

Aber durch deine Gerechtigkeit und deine lebendige Macht bin ich ausgegrenzt aus der Gemeinschaft der sich Liebenden und verdammt zu ewiger Unruhe, sinnloser Mühe und ertragloser Ernte abscheulicher Früchte eines durch mich und mein Tun selbst verseuchten Bodens!

Töte mich, damit ich endlich verschwinde aus dem Auge deines Antlitzes, aus deiner Gegenwart und nicht länger durch meine Gegenwart dich beschmutze!

Und du fortschreiten magst in deiner unendlichen Güte und Wahrnehmung deiner Opferbereitschaft, die dich in all deiner Macht auf dieser Welt bestärkt!

Ich, in meiner, mikro-quaterionisch-bedingten Dimensionalität verzichte auf die Omnipotenz von Holzwürmern, Negersklaven, Grillhähnchen aller Art und irre geleiteter Moderniesierungsmaßnahmen aus einer Zeit, als es noch Einzeller oder kaum Mikroorganismen gab!

Ich liebe Dich!

Wir Organismen schrumpfen, und sterben im Papier, geflasht durch die Bulle der alten Macht, die reinigt und das ewig Vergehende umhegt wie einen zerbrechenden Garten aus Zuversicht und Reue!

Laß mich dich nicht behindern und beseitige mich mühelos und beiläufig, denn ich, wie meine eigene Mutter schon sagte, als ich noch ein Kind war, bin nichts wert!

Verdorben als Lügner, als Feigling, der sich nichts zutraut, als viel zu dumm, um „Invasion von der Wega", meine geliebte Science-Fictionserie, im ZDF anschauen zu dürfen!

Viel zu unfähig, um sich als sechsjähriger die Schuhe selber zu binden zu können und von einer Katze, als Zweijähriger, vergessen von ihr, am Wegesrand angenagt und verdorben und zum Sterben verurteilt! Ich bin nicht fähig!

Töte mich, Gott!"

Ich werde meinem Arbeitgeber zum 31.12.2222 kündigen. Und kein Arbeitskollege wird mich in der Firma vermissen.

Durch dieses absurd, demütige Eingeständnis überlebte ich irgendwie, nur durch dummen Zufall, bis heute und wurde, warum auch immer, nicht getötet. Ich wurde nicht das Opfer eines Raubtieres, das mich als Nahrung benötigte, und nicht als Klassenfeind, der mit Stumpf und Stiel vernichtet werden sollte. Deshalb wurde es mir vorbehalten, nicht jetzt, sondern später, zu einem anderen Zeitpunkt zu sterben.

An diesem frühen Morgen, als ich nach einem Lsd-Trip nach Hause gehen wollte, geschah dies. Es war gerade Dämmerung. Langsam schien die Nacht zu verschwinden. Und als ich alleine durch die einsame, verlassene Vorstadt-Park-Landschaft nach Hause trottete, geschah es. Über mir Sterne und dunkelblaues Licht, das mich einlud an ihm teilzuhaben. Sie griffen mich an. Und zuerst attackierten sie mich. Dann erst wehrte ich mich. Ich schrie um Hilfe, aber niemand antwortete. Sie versuchten mich zu vernichten. Ich sah das Licht und die Schönheit der Bäume und Gärten, Parkanlagen drum herum. Es war ein wunderschöner Moment der Dämmerung, so wie ein Aufwachen aus tiefem, alptraumartigen Schlaf. Ich hatte zuvor Alpträume aller Art. Dann waren sie weg. Sekunden, dann war das Ende der Nacht. Anfang einer sich fortsetzenden Tragödie. Das Licht wird und ist Hölle.

Als ich zuhause war, legte ich mich sofort ins Bett und schlief. Ich schlief und schlief und schlief und schlief ein. Und.

Morgen.

Und Übermorgen.

Deep Purples phänomenale LP „Deep Purple in Rock" war für mich Beginn meines Interesses für Musik. Ich war beim ersten Anhören der LP überwältigt von dem apokalyptischen Urzeitgetöse, ähnlich wie Charles Wilps „afrikola" Reklame. Zu Beginn von Seite 1 erhebt sich die Musik von „Speed King", wie Phoenix aus der Asche. Am Ende der LP endet die Musik wieder in atonalem Krach, verursacht durch weißes Rauschen und Rückkoppelungspfeifen, das langsam ausgeblendet wird. Mich interessierten damals, als ich 14 war, weniger Lieder, außer die aus der Küche, sondern vor allem der Sound, verursacht durch Elektronik, Verstärker und technische Tricks beim Abmischen, die Improvisation, die Klangtiefe des Raumes und die Dynamik und Rhythmik. Musik war für mich im Jahr 1973 ein Abenteuer in einer Zeit, die mich durch Science-Fiction- und Horrorfilme, die Ästhetik der Pop- und MickyMauskultur und durch die Aktualität der Weltraumfahrt von Apollo- und anderen NASA-Programmen und parawissenschaftliche Phänomene maßgeblich beeinflusste. Musik war ein Ausdruck, ein akustisches Spiegelbild meiner inneren und äußeren Welt.

Vielleicht wurde die überwältigendste klassische Musik vor 40.000 Jahren gemacht. Auf Hörnern, Muscheln, Flöten, die auf den Oberschenkelknochen der Besiegten oder verstorbenen Ahnen, von denen man nur ahnen konnte, das der Ahnungslose keine Ahnung hatte, geblasen wurden. Als eine Art Begleitung zum Wind, Regen und gleisender Hitze.

Dann Black Sabbath - zumindest ihre ersten drei LPs - und schließlich „UFO 2 - One Hour Space Rock", auch „Flying" genannt. Nur so fand ich den Weg zu Albert Ayler und Karlheinz Stockhausen, Jacques Coursil und Toshi Ichiyanagi. „The Flowers" und „Vinegar".

Musik als seelische Offenbarungshilfe, die ohne Worte berührt. Für die meisten Kulturignoranten allerdings nur Unterhaltung, die lediglich nebenbei gehört, und Puffkultur. Musik ist Kontakt zur Welt der Neandertaler, Gott, Ursprüngen aller Art, von denen wir nichts zu wissen glauben.

Nichts als: Der Glaube. Die Angst.

Die Erkenntnis (Existenzialismus, absurdes Theater, Samuel Beckett; „Molloy", „Malone stirbt", „Der Namenlose").

Worte ohne Worte. Schwingung, Vibration, Inkubation, Subversion. Spaltung und Teilung, Vereinigung. Egophagie und Phagozytose. Das Tod. Der Leben.

Sich erinnern an Dinge, die man vergessen hat. Talent, Zufall, Schicksal, Management. Peter Murphy als Robert Lansing in „Der Mann, den es nicht gibt" oder umgekehrt. Er taumelt durch Zeit und Raum seinem zu frühen, oder vielleicht doch, zu späten Ende, entgegen. Mißgunst begleitet ihn.

„The Faeces", deutsche Beat-Band der 60er Jahre. „Vorfreude ist die schönste Freude", sagte sich der zum Tode Verurteilte, als er erfuhr, daß er am nächsten Morgen hingerichtet oder vergast werden wird durch Stickstoff mit Mumps.

Faeces sunt. Said the Pope. Mistfurcht begleitet ihn.

Omnis pectiritur legat omnium.

Milchlieschens Pyrrusrechnung wurde malträtiert. Sie, Milchgretchens Schwester Liesl, sitzt und schwitzt, weiß Bescheid! Malträtieren kommt aus dem Lateinischen, kommt von der Zermalung jedes Menschen in einen breiähnlichen Zustand einerseits, vom Schlechten andererseits, und vom herausziehen, -reißen der Finger, Nägel, Gliedmaßen, von der Amputation der Gliedmaßen unschuldiger Wesen, von denen „wir" nichts wissen, weil wir nichts wissen wollen, weil wir glauben, genauer gesagt, weil uns „eingeimpft" wurde, daß wir noch nie etwas gewußt haben und wir auch nichts wissen wollen, sollen und dürfen. Und nicht müssen! Faeces sunt!

Und vor allem nicht von solchen Dingen. Unsere angebliche „Muttermilch", das Manna des Todes, sinnloser Quälerei, hat irgendwas mit Tieren, mit trägen Tieren, zu tun und ist wahrscheinlich ein Kulturgut, das, auf die lange Bank geschoben, endgültig auszurotten ist, und zwar mit Stumpf, Stuhl, Stuck, Stube, Strumpf, Strunk und Stiehl.

Tarzan, der später sich den Künstlernamen Herkules aneignete, war die einzige Ausgeburt von der schwerbehinderten Puffmutter Erdmuthe. Puff! Gott sei Dank!
Puffmutter Erdmuthe arbeitete als Armenhelferin in einem Armenhaus, in dem die Gebeine ihrer vielen Toten lagen.
Puffmutter Erdmuthe wixte an ihrem, von eitrigen Abszessgeschwüren verunreinigtem, Kitzler herum, wenn sie die Vitamine für ihre Opfer in einer Schnabeltasse nicht den Probanden verabreichte, sondern sich selbst.
Puff! Puff! Puff! Puff! Puff!
Puff!
Der Halswirbel des kranken Probanden war gebrochen und keiner soll je gewußt haben, nicht von wem er gebrochen sein soll, sondern warum der Halswirbel, und weshalb der Halswirbel des Probanden gebrochen wurde oder gebrochen werden mußte, so daß der Proband querschnittsgelähmt war von diesem Zeitpunkt an und nur noch an einer Schnabeltasse saugen konnte oder saugen können durfte.
Ich saugte an dem Gerät, das man mir in den Mund stopfte und ich war gelähmt von Anfang an.
Herkules, Puffmutters Sohn, war der, von der Muttermilch noch nicht entwöhnte Krüppel, der Geld kostet, der froh war. Geld, das er für die Unterbringung seiner Neger zu brauchen glaubte und für die Liquidierung seiner Operettenschwuch-

teln aus der Nachkriegszeit (David Bowie, Bryan Ferry, Neil Young, Freddy Mercury, Queen, Chris de Burgh, Peter Gabriel, etc. ...), die sich alle dumm und dämlich verdienten und verdienen und aus deren Kapital Milliarden Dollar fließen in obskurste, kriegerische Exzesse, die sie somit mit finanzieren, obwohl sie das von Anbeginn aller Zeitalter zivilisatorischer Entwicklung an schon immer waren und taten. Aus Lust.

Tarzan, der „Kugelherkules", so genannt, weil er nicht größer war als 159 Zentimeter, aber bärchenstark, schwor, daß er sich nehmen würde, was er auch immer wolle, und im Bewußtsein stärker zu sein als alle, und es sich ergreifen und einverleiben werde für immer und alle Zeit der Welt.

Einer jämmerlichen, erbärmlich, unbedeutenden Welt. Denn was sollte denn eine Welt bedeuten, in der nichts eine Bedeutung hat und in der alles, jeder Begriff für ungültig erklärt werden konnte. Einfach so aus Lust und Laune. Sinnlos.

Tarzans Welt. Eine Welt ohne Glaube.

Die Welt des Kugeltarzans, der geboren wurde von seiner Puffmutter. Oder von Puffmutters Urin.

Und von seiner Freundin Ute, der Brustschwimmerin mit Kuheutertitten, die aus ihrer Möse so stank, wie ein alter Karpfen, zwei Wochen über dem Verfallsdatum auf der Heizung liegend, zum Auftauen, und schließlich vergessen.

Den Karpfen sollte sich Puffmutter schmecken lassen, bevor sie sich an ihm erbrechen sollte.

Seine Freunde nannten seine Mutter die Puffmutter. Herkules erzählte mir auf meine Frage, was denn seine Mutter als Alleinerziehende denn für einen Beruf hätte, sie sei Prostituierte. Ich zweifelte an seinen Worten, aber er erwiderte: „Fick sie doch mal, von hinten, so wie „Fixi", der Allzweckreiniger von Henkel, äh von Hinten! Ha! Ha!"

Puff! Puff! Puff! Puff! Puff! Puff! Puff! Puff! Puff! Puff! Puff!

Er öffnete seinen Mund und Trank und Speise füllten ihn.

Sie öffnete ihren Mund und Trank und Speise füllten ihn.

Du öffnest deinen Mund und die Fresse wird dir eingeschlagen oder es wird der Stuhl des Herkules eingefüllt in den Mund, der nicht geöffnet werden hätte sollen deshalb.

„Spiel doch wieder mit! Denn ich weiß, wo du wohnst und wer du bist und ich werde dich heimsuchen! Sein Knappe Ulfert, der mit dem linkem, verstümmeltem Öhrchen und seinem krummen Glied, sollen keine Leberkäsesemmel mehr neben mir haben, für immer und immer und immer!"

„Spiel doch wieder mit uns, für immer!", sagten sie, nachdem sie mich Jahrzehntelang verarschten, provozierten, hinter meinem Rücken hintergingen, mich bestohlen und verunreinigt hatten! Lebende Menschen in Plastikfolie vakuumiert. Lebendig isoliert, erstickt und haltbar, gefroren. Deshalb hat man ja die Vakuumiermaschine erfunden (NASA, CIA).

Apollo 16. Start. Flug zum Mond. Landung auf dem Mond. Erste Exkursion und Entnahme von Bodenproben. Zweite Exkursion im Gebiet des Kraters Descartes. Dritte Exkursion. Start vom Mond. Landung, Bergung. Dann Schockfrosten.

Tragik und Dilemma des Hier.Tragik und Dilemma des Ich.

Tragik und Dilemma der Josepha Rohrmüller, die schielte, unglaublich häßlich und so fett war, wie ein Mastschwein vor der Schlachtung. Geschlachtet wurde sie von Susanne in der Talerbrigade, einer Tochter der Zahnärztin Frau Dr. Wurzer, die immer noch „praktiziert", indem sie vergast, vereitelt, quält und tötet. Und auch ihr gemeinsames Dilemma bestand darin, stets die Beine breit zu machen, aus Genußsucht, purem Opportunismus und um sich rechtzeitig vor der Ertüchtigung einzuschleimen mit ihren schmutzigen, demolierten Ausgeburten. Es gab weder Tag noch Nacht, nur Finsternis, weil keine Atmosphäre mehr auf dem leeren Mond vorhanden war, die das Licht der Sonne, „unserer" Sonne (Ha! Ha!), hätte verstreuen können.

Tragik und Dilemma der Zubereitung von Speisen durch Geistigbehinderte für hysterische zu kurz gekommene Wahnsinnige und nutzlose Schmarotzer, deren Aufzucht sich als schwerwiegender Irrtum erwies, wie der alte Schaub immer öfters, gerne auch in Talkshows, kolportierte und durch seine eigene, sinnlose Existenz betonte und verfirmte.

Neulich war der 159. Geburtstag von Schwester Ratched.

Endlich hat sie es geschafft. Sie ist der älteste Mensch auf Erden, der noch lebt, und mit ansehen durfte wie alle ihre Kinder, Freunde und Verwandten, und deren Kinder und Kindeskinder verstarben, verstorben sind, verstorben waren und begraben wurden und begraben worden sind und begraben worden waren. Mit Benzin übergossen und bis zur Unkenntlichkeit ausgeworfen als Stückchen Kohle, wird sie als Qualle in der Tiefsee liegen bleiben, der das Wasser im Munde zusammenläuft, so wie meiner buckligen Naziverwandtschaft, die mich aus ihrer Umgebung getilgt hat! Asche zu Asche.

Schaub zu Schaub. Phoenix aus der Flasche.

Das Licht ist schuld. Das Licht ist zu langsam. Dieser Sonnenmythos der alten Kulturvölker vor 10 oder 100.000 Jahren war nichts als ein Riesenbeschiß. Fakenews gabs schon in der Steinzeit. Vorgegauckelt hat man sogenannte Tatsachen den Leutchen von Gott und der Sonne. Scheiß auf die Sonne! Die Sonne ist Scheiße! Das Licht ist Scheiße! Und alles was daraus hervorbrach auch. Ein Mythos des zerfallenden Glaubens an Unendlichkeit entstand umsonst aus einem Gerücht, gefangen im Gedärm und Gehirn, Spielbälle des Körpers und seiner Abermilliarden Mikroorganismen. Diese permanente Lüge von „Mutter Natur", die sich einen Scheiß um uns kümmert, stinkt zum Himmel. Lebensmittel bringen nur den Tod. Sie können logischerweise nicht anders. Denn sie sind gestorben und Opfer einer wahnsinnig wütenden Hierarchie der Destruktion. Leben ist Chaos, Mord, Leid und Folter ohne

Ende. Das Leben ist ein unendliches Verbrechen an der Menschlichkeit. Das Leben ist der Ursprung der Industrie und des Mordes an uns allen. Faule Hunde, zu müde darüber nachzudenken, zählen ihre obskuren Schäfchen. Die Rettung ist die Inhabilität der Erde und die Inhabilität von Tante Uta, Schwester Ratched und dem alten Schaub samt nachfolgendem Kalkstein und ihrer Verendung im alten Nirgendwo.

Stattdessen praktizieren sie Shei-Ze-Yoga.

Hilfe! Hilfe! Jetzt werden sie Heilige!

Ein einhundert Jahre alter Yoga-Lehrer aus Nepal erfand die Shei-Ze-Yoga-Zeremonie angeblich vor zwölf Jahrhunderten. Die Meditation besteht darin, daß man jeden Tag ein Pfund Jungfrauenkot essen muß auf einem Berggipfel. Ein Übersetzungsfehler und Mund zu Mundpropaganda machten aus diesem einen Pfund einst ein Kilo. Mir egal. Ich will nicht hundert Jahre alt werden, und auch nicht „Bourbon mit Eierlikör".

Ein Bratkartoffelverhältnis und nur einen Binsensieg später begann das Zeitalter der Schreckgespenster und der Bravourstücke, hüben wie drüben, auch auf dem Holzweg allen Unkenrufen zum Trotz. Die Älteren erinnern sich: Zwischen Portland, Oregon, und Timbouctou (Stanley Kubrick)!

Und die ganz Alten und Toten erinnern sich auch!

Ein Mysterium paralleler Deja-Vus in einem existenzialistischen Pornofilm, der die Richtungslosigkeit der Evolution markiert für Schweinchen Dick und der blöden Nadya und der doofen Josy aus dem Talerbrigadenkrüppelheim, ein Auffanglager für schwerstkörperbehinderte Schmarotzer, die sich für umsonst ihren Arsch hinterher tragen lassen dürfen. Man merkt daran, wie einfach es letztendlich ist, Menschen zu töten. Denn es gibt einfach viel zu viele. Ein Knopfdruck und schweres Kriegsgerät reißt aus und dreht um bei Demonstrationen im Birkenwald mit hydraulischer Kraft und dankt da dem, der niemals vergessen hat, mit Dampf und Strom.

Sapientia is a joke.

Konfuzius konnte nicht rasenmähen.

Laotse versagte in der Kochkunst.

Doch es gab Ustad Aha Khan und Ustad Uhu Khan, die mythologischen Sänger und Berichterstatter am Rande des Himalaya. Seit 5000 Jahren ist es vorbei mit den Hochkulturen der Praeantike, Tschad, Aszu, Tibesti. Die Mechanik von unsteter Wanderung, allosterischer Hemmung, Compton-Effekt, Plastilin und komplexer Analysis mehrerer Veränderlicher.

Schweinchen Dick, ein Artverwandter von Moby Dick with the long black wavy mane. Schwester Ratched betrachtet die Alliierten-Doku über die Greueltaten der KZ-Aufseher als Komödie und muß drollig lachen. Sie beschmeistert sich trotz schielender Augurenoptik. Sie hat ja selbst ihre Mutter Trudl in die Knie gezwungen mit brutaler rhetorischer Gewalt.

Mutter Trudl war zwar stur und konnte nachtragend und gemein bis hinterfotzig sein. Aber es half ihr nicht. Es war nicht genug Waffenarsenal. Schwester Ratched war eine sadistisch, unberechenbare Übermacht, die vor nichts Halt machte und gleichzeitig auch ihre Opfer nicht verstand und auch nicht verstehen wollte, weil sie mit diesem Personenkreis nicht in Verbindung gebracht werden wollte und die gnadenlos alles, was ihr im Weg stand, zur Seite räumte.

Schwester Ratcheds Vater Franzl flüchtete in seinen Hobbykeller, um sich bei seinen Basteleien an Segelschiffen und anderem abzulenken und zu entspannen. Und, um sich das keifende, endlose Geblöke und Geplärr seiner Scheißweiber, vulgo Ehefrau und Tochter, nicht mehr anhören zu müssen. Vater Franzls Ohren waren auf Durchzug eingestellt. Und im Alter wurde er auch vorsichtshalber taub und hörte nur noch, was er wirklich hören wollte. Und es gab eigentlich nichts mehr, was er hören wollte, wenn seine Tochter Ratched und Mutter Trudl anwesend waren. Wenn sie in seiner Gegenwart sprachen, klang das für ihn nur nach Krach und Kreissäge, wie ein dumpfes, weit entferntes Gedröhn.

Die Erungenschaften ihrer morbiden Zivilisation der Polarisierung und Ausgrenzung, der sie schutzlos ausgeliefert waren, hat dazu geführt, daß traumatisierte und frustrierte, gequälte Eltern ihren Kindern unermeßliches Leid und den Tod wünschten und nichts als Unglück. Genau das Unglück, das ihnen, den Eltern, selbst widerfuhr in ihrer Jugendzeit durch die ihnen indoktrinierte Kadavergehorsam-Nazidoktrin. Und später weitergegeben wurde durch ihre Söhne und Töchter nahtlos an alle ihnen folgenden Generationen.

Damals das Unglück im Krieg, vor dem Krieg und nach dem Krieg. Die Neugeborenen werden seitdem sofort getötet, wie im Alten Testament. Aus Niggern werden dann Negerküsse und aus Kampfgas „sham-tu-chic"-Haarspray zum Verscheuchen von Ungeziefern und Arbeitsscheuen irgendeiner Volksgemeinschaft. Die Gesetze von Produktion und Absatz.

Hysterie und Polarisierung, wie wir sterben, wie ich sterbe das zweite Ende einer Wurst, doch manchmal haben Würste auch n-Enden, mit und trotz erheblicher und mangelhafter Korrektur. Mathematisch gesehen kann eine Wurst unendlich viele Enden haben. Die Platzangst des Kugeltarzans.

Jetzt finden statt die letzten schönen Stunden des Jahres für Titus, dem irren Herrscher und Sackausreißer, der im Heim exekutiert wird noch vor dem Pyrrhus-Bumsen der Wuppertaler Serienmädchenmörder. Sie, die Stunden, dauern ganz, gaaaanz, gaaaaaaaaaanz lange und immer wieder und immer wieder. Ein Hurensohn ist und bleibt der Sohn einer Schweinehure. Eine abgetackelte, alte, verbrauchte Frau, die Geld damit verdient sich von Schweinchen Dick ficken zu lassen, von Tieren, die nicht zahlen können. Eine abgetackelte, alte, verbrauchte Frau, die einem Bierschinkenserienmörder zum Opfer fällt, der beschissen wurde von den Brettern vor dem

Kopf, die früher die Welt bedeuteten. Die Bretter vor dem Kropf, die die Welt verdeuteln. Kein Pferd springt da hoch. Kein Spatz pfiff deshalb je vom Dach. Kein Apfel wäre je aus Unvorsicht vom Stamm gefallen vor der Apotheke.

Während der Fastenzeit beginnt im „Snoredom of Hell" „Mutter Krausens Fahrt ins Glück", eine komische Oper. Eine Komödie über Hundezucht, Judenvernichtung, Nachverdichtung, Urbanisierung, Altwerden, Sterben, Verwesung, Wiederauferstehung der Dominikanischen Inquisiteure aller Art.

Mich aber ist der Wurst näher als das Jacke von Anbeginn aller Zeitalter aller Art. Und die Hose hüpft mir und springt zwischen dem Nichts und der Unendlichkeit. 0 - Nirwana on the Edge of the Knife. 4000 n. Chr., die Erosion der Tradition. Die Erosion der Tradition hat begonnen oder beginnt. Vernichtet die Evolution. Das Beckenfranzen etwa 100.000 Jahre n. Chr. und Risse durch Weichmacher und Staub im Plastik durch Hitzfeld und Kälte. Wo lagen einst Platon und Tschad? Und wo waren die Pyramiden von Unkenbeck? Doch forsch forschen Orloks Schissenwaftler in den Forschenschaften. Sie erschissen sich Erkenntnisbratschaft der Schollgebrüder aus dem Bims jener Marschflugkörper gegenseitiger Dämonkratien ihrer Vorgänger, die ausstarben, so wie jede Spezies es tutet, nachdem sie so, wie jede Spezies es tut, entstand.

Und nun waren sie die einzige letzte Spezies, mit Ackerbau, Autos und Atombomben, die jetzt das Licht ausmacht.

Berge. Gebirge. Bruder. Gebrüder. Gesindel. Gesocks. Geschwerl. Geschwulst. Geschwür. Berge von Geschwüren für das Napalm schwarzer Vögel, 100.000 n. F.

Die kurzen Erinnerungen an das Ertrinken.

Die kurzen Erinnerungen an das Verbrennen.

Szenen, Jahrzehnte zurückliegend. Es gibt sie. Lyonel Feininger auf dem Weg zum Mond. Er kriecht, um nicht zu fallen aus der Kugel, die zerbricht. Ich weiß, anderen geht es genauso. Es gibt Menschen, die erinnern sich an mich. Ich aber nicht an sie. Sie sind vermutlich Heilige, die ich mit ins Grab nehmen werde müssen. Ich bin überrascht, wenn ich sie erzählen höre von mir und vom ewigen Tramp, der alleine ohne Stan und Ollie in der Urform versteinert. Viele Ansätze helfen seiner Abstraktion und leider auch Kratos sich herauszuverarbeiten aus der Schale des Dämons. Von Innen kratzen sie an der Schale, um herauszukommen und zu fressen. Bereits Samuel Beckett berichtete uns allen ausführlich von dieser Kugel des Vergehen von Zeit und des Sterbens.

(Charles Mittwoch; Marx und Entfremdung) frei übersetzt.

„The Snoredom of Hell", Historie paravisionärer Ereignisse.

Die Fastenzeit reicht zurück bis in die Anfänge des Flötenspiels des ausgehenden fünfzigsten Jahrtausends vor Neckermann. Gute Musik reicht zurück durch DNA in die Anfänge der Analyse der Menschheit, Klang, Rythmus, Spiritualität durch Stimme, Wind, Meer, Bäume, Beethoven, der damit nichts, aber auch gar nichts, zu tun hatte.

Viel früher, so etwa 19.000 v.Chr. hätten Tiere vielleicht noch über ihn gestaunt. Heute nicht mehr. Es ist selbstverständlich oder ein Faß ohne Boden oder die sattsam bekannte Routine eines Kadavergehorsams aus Ehrfurcht vor Enttäuschungen, Verletzungen, Hoffnungen, Ängsten allen Unkenrufen und aller Beharrlichkeit zum Trotz. Klang, Stimme, Pulsschlag, Stille, der Rythmus von Tag und Nacht und das Sich-Verschieben der Kontinente begleiten die Rückkehr und Auferstehung wieder ausgebuddelter, längst verwester Vorahnen sich selbst überlappender Taylor- und Fourierreihungen.

Das Leben, als solches, ist der Abschaum des Nichts.

Die, häßliche, alte Zahnarztfrau Fr. Wurzer, die während des zweiten Weltkriegs in einem der vielen Konzentrationslagerfilialen, im Süden von München, ihre grausamen, menschenverachtenden Versuche am Zahnfleisch Lebender, oder noch Lebender bis zur völligen Erschöpfung ausübte und wiederholte, in abstruser Raserei und obszönster Orgiastik, und Menschen quälte, mit Kontrollgruppen bestehend aus umzuerziehenden Probanden, hat mir im Vorbeigehen einfach mal so ins Gesicht geschlagen. Frau Dr. Wurzer, Ecke Sperl- und Liesl-Karlstadtstraße, mitten ins Gesicht, als ich etwa 9 Jahre alt war. Mit meinem Fahrrad hielt ich kurz vor ihrem kleinen Haus mit Garten und am Zaun, an der Hecke zupfte ich ein Blatt der Hecke ab. Sie sah das, kam aus dem Haus und begann eine Hetzjagd auf mich. Ich konnte ihr davon radeln. Aber sie lief mir unerbittlich hinterher. Sie verfolgte und jagte mich, um mir ins Gesicht zu schlagen. Die Horrorzahnarztfrau, die während der Nazidiktatur mehrere, hunderte, tausende Opfer quälte, verstümmelte und traumatisierte.

Ich wußte, daß ich meinen Eltern dieses Ereignis nicht anvertrauen konnte, denn Frau Dr. Wurzer war damals noch praktizierende Ärztin, rehabilitiert, galt als entnazifiziert, entwurmt und entkeimt. Und meine Eltern, besonders Mutter Trudl, und Schwester Ratched hätten mich sicher mit großem Vergnügen zur Zahnstein- und Wurzelbehandlung zu ihr geschickt, wenn Frau Dr. Wurzer es von Schwester Ratched und Mutter Trudl im Kasernenhofton vehement brüllend und einschüchternd gefordert oder genötigt oder erpresst hätte, so daß ihnen keine andere Wahl geblieben wäre. Außerdem hätte es der versoffenen, faulen Mutter Trudl und der sadistischen, perversen und auch gewalttätigen Schwester Ratched Spaß gemacht mich zu nötigen und zuzuschauen, wie ich gequält und mir ohne Narkose die Zähne ausgerissen werden.

Und Schwester Ratched hätte ebenso perfekt im Kasernenhofton salutiert und ihren Befehl entgegen genommen.

So war es, als Eltern noch, oder immer noch, oder leider, von Fall zu Fall, mit ihren Kindern redeten, in kleinen Sippen, von

Generation zu Generation. Und von Neubeginn zur bitteren Neige der Zeit und ihrer vergessenen Opfer. Frau Dr. Wurzer fing meine Katze ein und steckte sie in eine Plastiktüte von Tengelmann, schnürte sie zu, so daß meine Katze erstickte.

Offiziell ging von ihr, Frau Dr. Wurzer, keine Gefahr durch ihre nationalsozialistische Gesinnung aus, sagten fast alle vor Gericht aus, die einst selbst treues Mitglied der Partei waren.

Und Schwester Ratched war von ihrer Entwurmung tief beeindruckt und erwägte deshalb Zahnärztin zu werden.

Ich wurde immer weggewischt. Auf die Seite gedrängt.

„Über dich reden wir nicht mehr", sagte Schwester Ratched.

Ich wurde gemobbt, stigmatisiert, diffamiert und abgeschoben von Schutzbefohlenen, die mich aufgegeben hatten und deshalb habe ich auch aufgegeben und wurde umgebracht.

Romulus und Rhesus, geboren im Jahr der Schweine. Immer versuchte ich Anschluß an Menschen zu bekommen, Freunde zu gewinnen. Aber es ging nicht. So verkümmerte ich und blieb immer allein. Freunde nutzten mich immer aus. Servierten mich dann ab, übelste Schmarotzer und Nutzniesser.

Mit seiner Puffmutter beschissen sie mich, wo sie nur konnten, weil sie mich für ausnutzbar hielten und folglich auch ausnutzten. Eine Logik des Lebens. Und Puffmutters Logik.

Schwester Ratched intrigierte gegen mich bei meinen Eltern, die sich übertölpeln ließen von akademisch ausgebildeten empathielosen Egozentrikern. Was sie mir an Verleumdungen antaten, galt immer als für mich normal und hinnehmbar.

Aber es hat mein Leben zerstört oder so beeinflußt, so daß ich es so sagen muß: „Und ich kann sagen, daß ich ..."

„But as long as you can boogie, you ain't awoke.

As long as you can boogie, you ain't too old.

But you gonna need somebody on your bond.

Just bear this in mind.

True friends is hard to find.

You gonna need somebody by your side.

Just bear this in mind.

You gonna need somebody by your side.

By your side! Wer traurig ist, ist traurig von der Erde.

By your side! DIAs aus den Leinwänden von Gemini.

By your side.

Bear this in mind.

Bear this in mind!

True friends is hard to find." (Robert Johnson, Don van Vliet)

Die Resignation liegt im Spiegel des Menschen.

Es gehört nunmal dazu, so sagt der alte Schaub, ein cholerischer, eingebildeter, empathieloser Fachidiot, daß einer der Depp ist, und grinst dabei,8 als wäre es eine für ihn einfache, rein logische, triviale Erkenntnis, die anderen aus dem landläufigen Volk unbekannt und nicht geläufig sein müßte. Es gehört nun einmal dazu, daß der jüngere Bruder nichts zu sagen hat, nichts sagen soll, nichts sagen darf, und, daß man ihm nicht zuhört, wenn er dies trotzdem tut. Und weil er so blöd ist, muß man auf ihm herumhacken. So lange, bis er durch chronische Mißachtung sein Selbstwertgefühl verlor, deformiert und krank geworden ist und schon längst zum verrecken in einer Palliativstation abgegeben wurde.

Dort kennt ihn keiner und der Chefarzt meint: „Ha! Ha! Junger Mann, was machen denn sie für Sachen! Ich dachte schon sie wären ihre eigene verschissene Unterwäsche, in die sie einst hineingeschimmelt sind und eigentlich die Putzfrau für sie zuständig wäre und nicht ich, der ja schließlich auch noch wesentlich wichtigeres zu tun hat, nämlich an einer Forschungsarbeit zu forschen und an der Studie, ob Kaffee mit oder ohne Milch verträglicher ist für den Mastdarm oder sonstigen beteiligten Organen der Verdauung.

Junger Mann! Wissen sie denn nicht, daß sie tot sind, wenn sie sterben, und wenn ja, wer kommt für die Kosten auf?

Wer beseitigt ihre Asche, wenn sie verbrannt wurden und wo hin werden sie entsorgt werden?

Junger Mann, seien sie froh, daß sie nicht blind, taub und stumm sind, daß sie noch Arme und Beine haben!"

„Just bear this in mind. True friends is hard to find."

S. R. schämt sich. Die Schamhaarhure der Talerbrigade! Häßliche, sadistische, behinderte Hure Satans! Schäme dich! Behinderte Hure aus der Welt einer Art andere zu töten! Eine verfleischlichte Inkarnation des Schreis der Qualen! Die Hure S. R., die Hure A. D. aus der Talerbrigade sind Huren Satans. Sie sind Bestien Satans. „Es tut gut und reinigt die Seele, wenn man Amok läuft und so viele Menschen tötet wie möglich, auch wenn völlig Unbeteiligte oder Unschuldige dabei sind!", sagte der alte Schaub, oder dachte er es sich insgeheim, weil es ein Gedanke seiner Komplizin Schwester Ratched war, die nötigte, erzwang, sich nahm, was sie wollte? Es gibt Menschen, die haben gar nichts mehr. Menschen wie du, lieber Leser. Keine Arme, keine Beine, keine Ohren, keine Nase, keinen Kopf, kein Gehirn, kein Herz. Bestien Satans. Keinen Mund, keinen Schwanz, keine Eier, keine Votze. Keine Augen, keine Ohren, keine Arme. Lieber Leser, es ist nur Zufall, ob dumm oder nicht, wenn du davon kommst von dieser Welt oder in ihr noch ein paar Minütchen verweilst.

„Bear this in mind."

Denn auch die Kriegszitterer aus dem Ersten Weltkrieg, nach der Niederlage als Versager abgestempelt, wollen wieder was zum fressen haben! Sie haben Hunger und wollen essen ...

Die Kriegszitterer, die als Schwächlinge, minderwertige Versager abgestraft, verachtet, und von den für den Krieg verantwortlichen Politikern, die letztlich Schuld waren an der Ver-

stümmelung der Kriegszitterer ausgegrenzt und umgeschult
wurden und werden, wollen wieder was zum fressen haben!
„Ya done put mice in the radiator! Razors in the clay!
They keep us workin' all night! Don't give us no pay!"
Ich habe gar nichts mehr. Niemand. Keinen. Ich will sterben.

Es fing an am Anfang. Ich kann mich noch erinnern, wie ich
laufen lernte. Vom Fernsehsessel aus, in dem Papa saß, rüber
zu der Kommode gegenüber an der Wand. Es waren etwa
eineinhalb Meter. Die niemand ermessen konnte. Ich lief und
lief und lief. Meine Füße stolperten übereinander. Sie ver-
hackten sich, so daß ich hinfiel und stürzte. Ich fiel hin und
lernte laufen. Es war Nacht. Es brannte Licht. Eine Lampe,
irgendwo in einer Ecke, brannte, spendete Licht. Und dann
fiel ich hin, und dann nicht mehr. Der große Wohnzimmer-
teppich, der mich auffing. Ich konnte endlich gehen. Ich lief.
Nothing for mankind.
But a big step for ... .
Just bear this in mind! (Tarotplane; C. Beefheart)

Liebe auf den ersten Blick.
Ende Juli 1974 beging ich Selbstmord, denn ich hatte im Ab-
schlußzeugnis der 8. Klasse zu viele Vierer, so daß ich befür-
chtete, daß mich mein Vater erschlagen würde. Ich fürchtete
seine Rache, seine cholerischen Brüllanfälle, die mich immer
einschüchterten und als Kind zu einem Bettnässer machten.
Während andere, gepimpte, angeblich „Gescheitere", Beck-
messer wurden und von fortan unterjochten. Sie unterjochten
die Niederen, die ihnen ausgeliefert waren und ausgeliefert
wurden.
Ich kann mich noch erinnern an das Achtelfinale bei der
Fußball-WM 1990 in Italien, als Deutschland gegen die Nie-
derlande 2:1 siegte und später Weltmeister wurde.

Rijkard spuckte Rudi Völler in die Haare, von hinten an den Hinterkopf. Nach dem Spiel gingen die Spieler beider Mannschaften in ihre Kabinen und tauschten vorher auf dem Rasen noch ihre Trikots, so wie es unter fairen Sportlern der Brauch war. Olaf Thon, einer der deutschen Spieler, wollte sein Trikot, mit dem Holländer Ronald Koeman tauschen. Nach dem Trikottausch soll sich Ronald mit dem Trikot des deutschen Fußballspielers den Arsch abgewischt haben. Das macht Ronald sympathisch, denn das Trikot ist ein Symbol für die Uniform des Deutschen an sich. Das Deutschtum aus der Sicht der Holländer, die immerhin unter der Nazidiktatur zu leiden hatten. Die Deutschen von gestern und von heute werden und wurden wegen des Zweiten Weltkrieges zweimal und noch öfters beschissen. Genauer gesagt bei jeder politischen Gelegenheit, denn die „häßlichen Deutschen" mag seit Alfdof Dümig niemand mehr. Und man traut ihnen nicht und das Mißtrauen ist erst recht groß, wenn sie sich wieder als Wirtschaftsmacht aufspielen. In diese Rolle wurden sie von den Alliierten gedrängt. Die „häßlichen Deutschen" wurden zweimal vorverurteilt, zu Recht, aber völlig umsonst. Weil sie Mitläufer gewesen sein sollen oder aktive Täter in den Organisationen der Partei, und, weil sie selber, viele von ihnen, ausgebombt wurden, und ausbaden durften, was ihre Regierung angerichtet hatte. Aber wer ist kein Mitläufer? Heute im totalitären Überwachungs-, Kontroll-, Zertifikatzeitalter haben alle Angst. Vor allem die, die sich für aufgeklärt, gebildet und angstfrei halten und meinen über den Dingen zu stehen. Vor allem die, die es sich leisten können eine eigene Meinung zu haben, solange ihnen eine Meinung dienlich ist, um den eigenen Profit zu sichern. Die, die so tun als würden sie für die Ziele anderer, der Allgemeinheit zum Wohl oder sich für Gerechtigkeit einsetzen, sind meist nur Selbstdarsteller, die in die eigene Tasche wirtschaften. Und wenn ihre Vorhaben mißlingen, überlassen sie das von ihnen angerichtete, Chaos denen, die sie einst unterstützt haben, und machen sich davon in die Südsee. Es gibt einen Unterschied zwischen Deutschen und Nazis.

Und Ronald Koeman hat und hatte Recht.
Ich besitze dieses, sein Trikot nicht mehr. Ich sammelte es damals, 1990, auf im Stadion und behielt es. Und niemals habe ich dieses Trikot gewaschen.
Denn in ihm, in dieser Textilie der Instrumentalisierung von Sportlern und Menschen aller Art, stecken bis heute noch der Angstschweiß Olaf Thons und der Haß gegen den Freßfeind, in Form von Kotresten des Verlierers als verfluchtes Menetekel jeden Sterbens.
Mittlerweile haben sich die Spieler nach langen Jahren wieder ausgesöhnt. Gott sei Dank. Besser zu spät als nie.
Sie lachen über die Ereignisse von damals, als viele Millionen starben, weil sie getötet und ermordet wurden.
Aber es hat nichts genützt. Es war nur absurde Vergeudung.
So wie Josip Stalin sagte: „ Wir Sowjets haben kein Geld und nichts zu essen. Aber wir haben 10 Millionen Menschen, die wir in den Krieg gegen Hitler problemlos schicken können und opfern können, wenn es erforderlich sein sollte, denn wir Sowjets können diese Menschen sowieso nicht ernähren. Also sollen sie, bevor sie sterben, noch kämpfen für „ihr" Volk, das weiterleben kann, wenn sie dann tot sind. Denn der einzelne Mensch ist nichts und stirbt gewiß. Doch wichtig ist, daß das Volk und seine Zukunft erhalten werden kann.
Die Art des Menschen, des Sowjet!"

„Nach dem Spiel ist vor dem Spiel!"
„Nach dem Krieg ist vor dem Krieg!" (Sepp H., abgewandelt)
Ein Trikot! Damit kannst du dir den Arsch abwischen!

Ha! Ha!

„Spiel mit uns, Danny! Spiel mit uns für immer und immer und immer!", (Stanley Kubrick, The Shining).

Ha! Ha! Ha!

Jahre später, 1998 spuckte ein jugoslawischer Fußballspieler Jens Jeremies, auch während einer Fußball-WM, während des Spiels in den Mund. Die beiden Spieler stritten sich wegen eines Fouls und der Jugo spuckte dem deutschen Spieler in den Mund, während der deutsche Spieler mit ihm sprach.

Mir haben viele ins Gesicht gespuckt und in den Mund und mich ausgelacht dabei, zum Beispiel Schwester Ratched.

Der alte Schaub, der cholerische, eingebildete Fachidiot, zum Beispiel hat mir auch in den Mund gespuckt. Der lachte immer, wenn ich ihm irgendwas erzählte von mir. Oder von Jesus, Allah, Buddah, Hindu oder Micky Maus und den Chinesen, die alles, woran der Mensch einst glauben konnte, für ungültig erklärten und stattdessen die Staatsdoktrin installierten im Kreislauf der Wirtschaft, der die Welt synchronisiert als Religion. Mit gelaufen sind die aus der Talerbrigade, S. R., W. Sch., A. D., Herkules, Tarzan und Puffmutter. Kaum kommen sie, gut trainiert, nicht aus der Puste beim laufen. Aber sie laufen und laufen für ihr Sich, und nicht fürs Volk, spucken nur nebenbei mir in den Mund.

Der alte Schaub, überheblich, weltmännisch als Familienoberhaupt, verweist, delegiert in seiner Sippe, eine „Familia", die Dreckarbeit an die, die seiner Meinung nach sowieso nicht schritthalten können mit der mitlaufenden Sippe oder Familie und was tun sollen für ihr Geld, das sie aber sowieso nie bekommen werden.

Wenn von mir die Rede war, von irgendjemand aus der Familie, wurde immer viel gelacht, so wie man lacht über „Dick und Doof", oder „Schweinchen Dick", oder Goofy ...

Ich bin Goofy auf irgendwie, meinte Schwester Ratched.

Abgestempelt zum Irren, Idioten und äußerst Häßlichen.

Dann im Altersheim. Schon wieder Sterben. Abarbeiten seniler Alter und noch nicht ganz Toter, die in teuren Betten herumliegen und zu faul sind aufzustehen, weil sie nicht wollen oder können oder müssen, wegen der Pharmaindustrie und der Pflegemafia, die sie umgibt und deren Arbeitsplätze unbedingt erhalten werden müssen. Laßt sie doch sterben!

Let them die! Wenn sie wollen, weil sie keine Lebensperspektive mehr sehen in ihrem eigenen Leben, das nur ihres ist! Let them die, as I! And I am me, that wants to die!

Let men die! Man erinnert sich nur an das, was man nicht vergessen hat. Irgendwann, im Endstadium, würde ich mit dem haschrauchen wieder anfangen. Warum nicht? Develey.

Marketing Developement. Galopp! Developp! M-Eukerl.

Ich entscheide, was du tust. „Ich will! Ich will! Ich will!"

Kolumbus beschloß Amerika zu entdecken. Doch er ertrank in der Badewanne mit Kartoffeln, Hühnern und Tomaten.

Meine Welt ist da, wo ich mal war. Sonst ist alles aus.

Eiszeiten, Klimakatastrophen versinken nach und nach, reihenweise, im Meer. Blubb! Und Fliegenschiß! Honoris Causa.

Ich bin ja nur ein alter Sack. Aber du, du hast dein Leben noch vor dir. Ha! Ha! Was soll man dazu noch sagen?

Das Beste kommt noch? Ha! Ha! Ha!

Da meint man, das Gröbste hätte man endlich hinter sich.

Aber das Schlimmste kommt noch.

www.jetzt.com

Between Nothingness and Eternity, LiveLP des Mahavishnu Orchestras (der Begriff „Live" anders interpretiert).

„An einem Tag wie jeder andere", (US-Spielfilm, ca. 1950).

Das Gute wird in ihm entlarvt, als das Böse. Die McDonalds Familie und ihr Ekel vor dem Opfer am Ende des Films, als schon der Abspann läuft. Der am Boden liegende Verbrecher, von der Staatspolizei mit Maschinengewehrsalven bis zur

Unkenntlichkeit durchlöchert. Der andere Verbrecher wird bei seiner panischen Flucht vor der Polizei beim Überqueren der Straße von einem heran donnernden Lastwagen überrollt. The End.

This is the End!

Of our elaborate Plans, the End! (James Douglas Morrison)

Auch darüber wird viel gelacht von Schwester Ratched und ihrem alten Schaub, dem linken, hinterhältig, verlogenen, opportunistischen Nebbich, der sich, kaum aus seiner Wursthaut gequält, einvernimmt mit sich selber. Er tönt von der Klofrau, namens Aida (aus der Oper „Carmen" in Locarno uraufgeführt und in Verona (Ha! Ha!, hier bitte das Lachen unterdrücken) und sogar auf der Wies'n. Schwester Ratched, die Klofrau, die ihre Mutter pflegte, so wie eine betrunkene, abgearbeitete, polnische Putzfrau ein komplett verschissenes Bahnhofsklo reinigt und „pflegt", konnte es sich leisten.

Eine Eintrittskarte zu „Aida" kostet nur 8666 Euro oder US-Dollar, so daß sich diesen Kunstgenuß jeder leisten kann.

Die Klofrau Aida als Avatar mit einem Gurkenhackenkreuz sagt, daß nicht alles schlecht bei Hilter war aber auch nicht alles gut. Aber die Klofrau macht es immer wieder.

Sie macht es „Live". Between Yesterday and Tomorrow.

Und jetzt: „The 4 Mousquetiers", Beatband aus Gelsenkirchen. Garagenbeat sagen manche dazu. Der Begriff ist leider wie viele Begriffe etwas abgenutzt. Voller Leidenschaft, mit irrem Sound spielten sie ihre eigenen Interpretationen der Kinks, Chuck Berry, Buddy Holly, The Byrds, The Blizzards.

Sie wurden trotz ihrer künstlerischen Bedeutung für die Musik des Beat immer wieder in der Öffentlichkeit verdrängt. Sendetermine gab es für sie. Aber einmal starb Adenauer und es gab eine Sondersendung, Sendetermin verschoben. Dann war Europapokal der Pokalsieger, Viertelfinale und Sondersendung, Sendetermin verschoben. Dann war Apollo 13, un-

vorhergesehene Ereignisse an Bord, Sondersendung, Sende-
termin verschoben. Dann wanderte der Dokumentationsfilm,
über diese geniale Band, von Alexander Kluge gedreht, in das
Archiv und wurde lange Zeit vergessen und dann zerstört.
Ladies and Gentlemen!
This is Beat, die Affenmusik der Asozialen aus Amerika!
„The four mousquetiers" aus Gelsenkirchen.
Lysergic Skull Damage.
100.000 v.Chr., 50.000 v.Chr., 10.000 v.Chr., 5.000 v.Chr.
„The 4 Mousquetiers" (richtig geschrieben?) sucked off!
By global POWER, permanently, drowned in money.
Verspätetes Glück. Glück, das zu spät kam. Tränenrührend.
„You can't judge a Book by its Cover", ein Readymade, das
ich fand. Der Umschlag eines Buches ohne Buchblock. Der
„Verpackungskünstler" Christo hat es vielleicht verloren. Ich
fand es. Das Geheimnis zu verpacken. Geschenke, anonyme
Bomben, Leichen im Keller verborgen und verpackt. Tränen
in den Augen angesichts der Sprengkraft der Explosion.
Eine Kippe, die jemand geraucht hat. Einen Joint, den einer
an der Bushaltestelle beim Warten gedreht hat und beim
Einsteigen vergessen hat mit zunehmen. Dann habe ich ihn
gefunden und gerettet vor der bösen Welt des Regens und
der Unnachhaltigkeit. Wer a sagt muß auch 12 sagen. Und ein
Joint, der gedreht wurde, muß auch geraucht werden.
Christo hat verpackt, verborgen, verhüllt, versteckt, für den
Osterhasen, zum Geburtstag, für Weihnachten, das Fest der
Liebe, und eingeschweißt die nukleare Energie zur Zerstör-
ung von Hiroshima, Nagasaki und der ganzen, uns bekann-
ten, Welt. Die Welt, die es nicht mehr gibt und die nie da war.
Es war ein Buch nur aus Umschlag bestehend. Hardcover. Es
war billig, weil es keine Seiten enthielt, nicht mal leere Seiten.
Softcover. Gekauft hat es trotzdem keiner. Warum? Weil die
Leute, vor allem die Leser, von der Wahrheit nichts wissen

wollen. Weil die Leser keine Zeit haben. Das Trinkwasser geht aus. Luft muß man sich leisten können und Geld zum kaufen haben. Die Lebensmittel sind alle verdorben.

Christos erste Verpackungskunstwerk war mit Sicherheit ein Joint. Später verpackte er sich selbst. Und dann verpackte er die Sonne. Und danach tat er sich mit Meta-Physikern, Philosophen und Mathematikern zusammen und arbeitete an der Möglichkeit die Welt und das Weltall zu verpacken.

Das Verpacken des Seins, der Sonne und des Mülls.

Und dann das Verpacken des Nichts.

Sterben aber kann sich niemand mehr leisten. Zu sterben ist von Regierung, Krankenkasse und Justiz als unrentabel verboten worden. Den Tod kann sich nicht jeder leisten.

Die Justiz hat Angst an den Pranger gestellt zu werden.

Wir leben im Mittelalter. Renaissance, Rationalismus, Empirismus, das Zeitalter der Vernunft (Ha! Ha! Ha!), ein schlechter Treppenwitz schlechter Historiker, fand nie statt, ähnlich, wie manche Historiker meinen, es hätte kein 11. oder 20. Jahrhundert gegeben.

Stattdessen gab es Dampf, Strom und die Wahrheit.

Wir leben im Mittelalter. Aber man kann ein gutes Buch auch kennen, ohne es jemals gelesen zu haben. Man kann, wenn man will. Aber man kann auch sterben, ohne es gewollt zu haben. Man weiß oftmals sofort ohne je gewußt zu haben.

Die Sprechblasen in MickyMaus. Gedanken, wie Luftblasen, Pfeile, wie Worte nur für uns. Wer kennt sie nicht?

„Nehmen wir mal an, daß die Unendlichkeit ein geschlossener Raum ist und oder ein Punkt ohne Umgebung." Ausgangspunkt für ein Statement eines Hypothetikers oder Metaphysikers. „Punkt ohne Umgebung" (Deutscher Spielfilm, 1931).

Ich erinnerte mich nur an die Dinge, die ich nicht vergessen konnte. Andererseits bedaure ich, daß ich mich nicht an die

Dinge erinnern kann, die ich vergessen hatte. Es gibt wahrscheinlich Dinge, an die ich mich gerne erinnert hätte.

The Cream: Beckenbauer, N-Schäuble, Chris Karrer. Sie sind friedrich eingeschlafen. Wo ein Friedrich ist, ist auch ein Arsch, so daß Arsch und Friedrich ein Gebrüderpaar sind.

Die Gebrüder Arsch und Friedrich. Gebrüder, Gesindel, Gesocks. Gebrüder: Da denke ich automatisch an einen moosigen Waldboden. Ein großer Stein liegt da. Man dreht ihn um und sieht ein Gewurl und Gewimmel aus Käfern, Ohrenhöhlern, Würmern, Gewürm, Kellerasseln, abgelegten Eiern und anderem, üblichem Ungeziefer.

Die Gebrüder Arsch und Friedrich. Das asslige Gewürm.

Es tut mir so leid, lieber Friedrich, oder wer auch immer!

Ha! Ha! Ha!

Der Volksmund sagt, wo ein Friedrich ist, ist auch ein Arsch. Und wo ein Arsch ist, ist auch Scheisse.

Abgestellt in der Herrentoilette oder im Klo.

Er schläft dort friedlich ein im Kreise oder in den Armen seiner Familie, die sich rückblickend fragt, ob er wirklich tot ist. Er ist in einer anderen Dimension.

Ein neuer Morgen beginnt. Er erfreute uns durch Triumphe.

„Wir haben gewonnen!" behaupten oder sagen Amateurakrobaten. Sie stemmen den Atlethen hoch. Sie plagen sich. Sind nicht mehr so gut. Werden schlechter. Doch es nimmt kein Ende. Und dann kommt noch das Schlimmste.

Ein neuer Morgen.

„Red Sun rising in the Sky ..."

(Aus „Sleeping Village", Black Sabbath) Tarzans Schädel.

Hupothesis. Die These heißt: Ihm den Schädel einschlagen.

Gerne hätte ich mich mit seiner Mutter über die Verwendung von Maggi unterhalten. Und über die Suppe, die hupt und sein muß. So vieles wäre gut gewesen, wenn ....

So vieles wäre damals gut gewesen, wenn ... Schädelbruch.

Das Hupothesis war ein großes Tier in der Vergangenheit vor 290 Millionen Jahren. Es fraß alles, was es so gab und so entstanden durch die Evolution, in der Badewanne und in der Inflation die Saurier. Und neue, gefährlichere Insekten.
Saurier entstanden und übten Atemzüge im Schwimmbad, in dem viele Köche den Brei verdarben. Jahrtausendstel zu kurz. Viele, viele Atemzüge. Und dann diese ewigen apokalyptischen Milchmädchenbinsenweisheiten aus den faulen Äpfeln, die die Spatzen von den Dächern der Wälder rülpsen. Wasser drang ein und trübte des Polizistenmörders Kalbsleberkäs.
Wasser? Aber was? Die Feinde töten, einfach aus Rache.
Ein läpperlicher Sonnenmythos erodierter Praehominiden.
Und dann geschah ab sofort nichts mehr. Außer Mord.
Noch besser. Amoklauf aus Verzweiflung, Verletzung.
Tarzan war ein Schwein, hab ich meiner Tochter Gisela erzählt, die aus dem Hintergrund schießen müßte. So aber blieb es beim Runzeln des Scheitels, westlich von Santa Fe.
Reden ist Schweigen und Silber ist Gold. Aber keiner muß es nachmachen, sondern braucht das harte Schnitzel kurzbeiniger Bauern, die weit vom fauchenden, aber gebrochenen, apokalyptischen Rappen, langsam in sich gehen, weil er, der rastet, Gemeinschaft braucht, zähneknirschend wie ein Baum.
Ein Impuls zur Defloration der Intoleranz des Mannigfachen.
Cary Grants Tochter Jennifer, seine einzige Tochter, starb an Gehirntumor. Sie war 86 Jahre alt geworden durch Mechanik.
„Said Prestcold Minnie with the long black wavy mane!"
Und sie sagte auch: „Hör auf mit dem einschenken!"
Das Einschenken ist ihr wichtig.
Es fließt wie Wasser aus dem Sand.
Es fließt wie Wasser. Und dann erwischt man sie beim blasen.

Das Gigantische an Bad Hindelang ist, daß das Individuum die Chance hat sich als Teil eines einzigen, wirklichen Ganzen zu verstehen. Ein Ganzes, an das wir glauben können. Dagegen sind Yogastudios nur dilletantische Turnvereine nachhaltig verkümmerter MickyMausLachyogapseudobuddhisten.

Der Zweck heiligt den Heiligen Stuhl und den Straßenverkehr. Der Dreck aber verstopft und blendet den Augenblick.

Es gibt keine Materie. Es gibt keinen Impuls, keine Energie und auch keine Zeit oder Schwerkraft in Wirklichkeit.

Es gibt Wurst, Straßenverkehr, Darmstadt und Vorfahrt.

Aber längst nicht mehr für alle. Die Pyramiden der Ägypter.

„Because he ... awoke from the dream of life!" (M. Jagger)

Hyde Park. Doctor Jeckyll. Die Pyramiden der Termiten.

Für die, die man erwischt, gibt es nichts mehr. Fakultät 73!

Unermeßlicher Abfall der Wesenhaftigkeit. Höher als Berge.

Hier fängt es an aufzuhören in der Wahrnehmung und in der Naturwissenschaft. 700 Billiarden Stellen einer Zahl bedeuten das Ende der Welt. Für uns mühelos erfaßbar. Sogar 73! mal 73! mal ... (73-mal) ... und darüber hinaus. Mühelos erfaßbar für den Geist des Menschen, the „Brain". Der Quaterionenraum, n-dimensional, vorsichtshalber, aufgespaltet im Brain, nirgendwo sonst in den imaginären Reihen ineinander verschachtelter Gruppierungen in Gleichungssystemen aller Art. Wir leben nicht in einer drei- oder vier-dimensionalen Welt. Muß denn eine Dimension eine natürliche Zahl besitzen, wie 2-dimensional? Oder gäbe oder gibt es auch, gleichzeitig beschreibbar, mathematisch, eine 12,7-dimensionale Welt? Oder eine 0,3333333...-dimensionale Welt? Wo ist Schluß mit der Vorstellung eines Zahlenraumes? Natürliche Zahlen sind, so heißt es, von Gott. Aber die rationalen, reelen, komplexen Zahlen, die Quaterionen und die n-dimensionalen Zahlen seien Menschenwerk? Aber stimmt das? Was ist von Gott? Was vom Mensch? Eine Metamathematik, die auf diesem Gebiet forscht, findet Anwendungen und Beispiele, in der von uns wahrgenommenen und von uns verstandenen Natur.

So scheint es.

The Brain, das nichts wußte. The Brain, das nichts vom Nichts nichts wissen können konnte.

Und dann plötzlich: Der Sturz in die Tonne, die die Welt bedeutete, beziehungsweise die Welt beendete.

„Ich werde mir niemals mehr den Arsch mit dem Trikot von Ronald Koeman abwischen.", Zitat aus den Archiven der sozialdeutschtschistischen Parteinationalarbeiter.

Im Stadion werfen argentinische und uruguayische Fans Hundescheiße und halbverweste Schweineköpfe auf den eckballausführenden Spieler der Gastmannschaft. Das ist nicht Fußball, das ist Krieg. Wir fahren nach Berlin und wer der IF nicht beitreten will, DER SOLL JETZT IN DIESEM MOMENT AUFSTEHEN UND LAUT SAGEN: „ICH WILL NICHT ZUR IF."

Einer stand auf.

Einmal stand er auf und dann nie wieder.

Einmal stand er auf. Aber nur einmal.

Nur ein einziges mal stand er und sofort niemals wieder.

Ein verstümmelter Toter, im Wald gefunden und vergessen.

Entweder Weißkrautkopf oder plattgefahrene Rinderhälfte.

Ein einziges Mal. Und dann nie wieder. So ist es. So war es.

„Boing! Zack! Bumm! Peng!", ein Song von Kraftwerk, circa 1979, oder 1985 oder so.

Zwischen 1977- 79 hatte ich in der Kollegstufe Bio-Chemie und Physik als Leistungskurse und Katholische Religion und Deutsch als drittes und Viertes Abiturprüfungsfach. Was hab ich da alles gelernt? Den Kosmos der Naturwassenschiften und der Scheisstesgassenwlften komplett abgedeckt. Wieviele Millionen, oder sind es mittlerweile Milliarden wurden bis jetzt gefoltert und ermordet? Ich war gewiß ein guter Schüler. Meine Fresse! Das war hart. Aber ich hatte ja auch schon das Latinum. Damit gings. Gerade mal so ganz knapp.

Ab zum Oberdiplomdeppen. Schien so voraus bestimmt.

Aber nix da. Ich habe nie gearbeitet, wurde nur geprüft und für ungenügend befunden. So lebte ich, „ich kann sagen", in materieller Armut und geistiger Aufgeschlossenheit für das Verschwinden in dem Irrsinn der Sozialpädagogen- und Hundezucht, samt dem Ausdrücken von Analdrüsen beim Pudelfriseur von Coretta in der verfickten Dreckstalerbrigade mit den ungehobelten Scheisskrüppeln Fredy und Susi. Dr. Frankenstein soll sie von seiner Kreatur verschlingen lassen.

„It's After the End of the World" (Sun Ra)

This is the End. AFTER the End. Coretta, das After des End.

Nach dem Trichter, dem Dampf und dem Strom. Der Tod.

„Der letzte Nachtdienst" (Horrorfilm über Amoklauf). Köpfe in Mikrowelle, Innereien im Abfall. Augen, auf die Ermittler nach der Tat versehentlich treten. Die Passion der Gestorbenen im 5. und 6. Stock. Zwischen Mitternacht und Morgengrauen, fast schon ganz klassisch, wie im Film. Pro Person eine halbe Stunde für Zerteilung und Verarbeitung in Backofen und Mikrowelle, plus Entsorgung eingeplant. Für den einen etwas mehr, für den anderen etwas weniger Zeit. In den Tonnen lagen Tüten mit Armen und Beinen. In den Öfen im fünften und sechsten Stock lag Fleisch, das briet und gebraten war. Im Keller fanden sich Körperteile aller Art. In den Mikrowellen-herden zuckten Schädel, deren Haut aufplatzte, aus denen schwarze Augenflüssigkeit quoll und gestocktes Hirnblut. Bis zum Eintreffen der „Anderen" drehte sich das Karussell der Mikrowellen, bis alles, was in ihnen war, Asche war.

Aber weg waren sie dann alle.

Die nautische Dämmerung begann. Dann begann die bürgerliche Dämmerung. Schweinchen Dick putzte sich die Zähne.

Als die Sonne aufging, war die Arbeit getan, Zähne geputzt.

Man wartete auf die ankommenden Arbeitskollegen, um sie

zu beseitigen und von ihren Aufgaben zu entbinden.

Ein einziges Mal und dann nie wieder.

Der Kopf fängt vom Fisch her zu stinken an und nicht umgekehrt. Es ist der Fisch, der stinkt... Und der Kopf ist Beute des Fischs. Der Fisch fraß den Kopf, auf dem er saß. Und stank.

Der Fisch frißt den Kopf.

Und nicht anders herum.

Herum. Harum. Horum.

All die Spatzen aller Weltreligionen pfeifen es wie die alleingelassenen Kinder im finsteren Wald, aus dem die Bretter geschnitzt werden, die in der Grube liegen, die der Welt ihre Bedeutung entreißt. Der Kopf, oder ihr eigener Kopf, stinkt wegen dem Fisch, den er in sich hat und trägt zum Schluß!

Da kommt jemand und fragt, ob er immer jemand die Schuld geben kann! Winston Churchill sagte schon:„Hinterfrage und sei schuld!"

Du bist

Und wirst herunterinterpretiert zum Serienmädchenmörder von ...

der wieder seine Mülltrennung so abfertigt, daß er die Hautüberreste und Knochen allmählich im Lauf der Zeit verabschiedet, weil sie anfingen ihm etwas zu bedeuten, aber nicht, weil er den Unrat weg werfen mußte.

Dann baute er wieder an seinen Revell-Schiffchen aus der, angeblich so schönen, Renessaince-Zeit und dem ersten Weltkrieg weiter und schleppte sich mühsam in seine verfluchte Zukunft, die nichts anderes für ihn übrig hatte, als Ärger, Streit mit Verwandten, Hundezucht und Fußball.

So kam es zur Exekution.

Zur Exekution derer, die vorbereitet wurden, um exekutiert zu werden und zu stinken, wegen dem Kopf.

Und sie wurden exekutiert. Der Kopf wird exekutiert.

Und sie werden exekutiert heute. Für ewiges Leben; 1,99.

Und sie werden exekutiert immer und immer wieder und immer wieder. Es ist der Kopf ihrer Kinder, der zu stinken anfängt. Ihre Knochen und ihre Häute von der Feier zu Vater-Franzls 70. Geburtstag aus dem Schicksal und der Schuld der Forelle stinken wie ein Leistungsprinzip. Das Filet liegt dort.
Da kommen A-Pilze, die spriessen und den Erdball aufreissen und dann wie in einem Gottesdienst alles vernichten ...

Mediterrane Ernährung. Italian Food. Der Polpetone, eine Mischung aus Polypen, Hämorhoiden, Putzfrauen, Meeresfrüchten, Krampfadern und Hautkrebs schmeckt scheußlich.
Aus Erfurt vor den Türwelten der Tiefsee, die den Dreck fressen, der so im Meer schwimmt. Niemals mehr werde ich im Meer schwimmen. Schon der berühmte Dichter Thomas Bernhard meidete den Thunfisch und alles mit Kiemen.
Klarabellas offenes und sonniges Gemüt könnte darin ertrinken. A dangerous Soup.
The Way out of myself. I like the way the doo dads fly (C.B.).
Das Labyrinth, the way out of myself.
Durch diese Isolation bin ich herausgefallen aus einem normalen Rythmus.
In dem US-Spielfilm „Der Herrscher von Cornwall" wird der Flaschengeist Heinzel gesprochen von der Synchronstimme von Stan Laurel. Der Synchronsprecher von Stan Laurel synchronisiert auch Adolf Hitler bei einer seiner Reden.
Die erste Rede Adolf Hitlers, sechs Jahre nach seinem Freitod, an das Deutsche Volk usw...
Jetzt scheint es wieder stark geworden zu sein. Aber manche meinen, es sei noch nicht stark genug geworden. Und wieder manch andere sagen, man soll ein starkes Volk, das noch nicht stark genug geworden ist, noch stärker werden lassen.
Und ganz andere sagen wiederum, daß dieses starke Volk schon zu stark geworden sei und zäh und schwer und müde.

Spatzen von Aristokles und Katastropheles zwitschern es...
So sagen: Marilyn Monroe, Nathan Yuran, Charles Schneer,
Jack Arnold, Roman Polanski, Roger Waters...

menschen wurde die gesichtshaut lebendig abgezogen und
aus der wurden kondome gemacht die kzaufseher zum
wixen benutzten todeskampfalptraum über die schwelle des
jenseits enthäuten ist ein synonym für aus menschen abfall zu
machen die vernähung von gliedmaßen mündern und augen
ähnlich wie bei skulpturen von jake und dinos chapman
mehrere menschen miteinander vernäht immer fast am
ersticken und ertrinken der penis des einen in den mund
eines anderen vernäht das auge aus der gesichtshöhle
genommen und der sehnerv in das innere des meniskus
verlegt wie bei einem lebendigen menschenkörperteilepuzzle.
in guantanamaika nähte man musearabern das arschloch
eines schweines in das abgezogene gesicht sogar ehren-
amtliche menschenrechtler waren beteiligt diese fleischlichen
konglomerate werden dann zur unterhaltung öffentlich zur
abschreckung ausgestellt und rüstigen rentnern feil geboten
um den profit aus unrechtmäßiger legitimer nutznießung zu
würdigen plündern und rauben mit schwerem metall spalten
und mürben und mahlen am ende des zweiten weltkrieges
machte man aus menschen benzin als es keine mehr gab hat
man aus scheiße benzin gemacht im dritten reich brauchte
man benzin für die panzer als kein benzin mehr da war
verwendete man kohle um benzin herzustellen als keine
kohle mehr da war verwendete man steine um benzin
herzustellen als keine steine mehr da waren verwendete man
jusen und stellte aus ihnen benzin her als keine opfer mehr da
waren verwendete man scheiße und stellte aus ihr benzin her
als der krieg vorbei war bestand die wiedergutmachung
darin aus scheiße wieder jusen herzustellen

2. ich wünsche mir daß der sohn von s r stirbt damit sie an dem verlust ihres kindes zugrunde geht

der untergang deutschlands auf Leinwand gemalt ein gurkenhackenkreuzrelief transparent im hintergrund sichtbar, ein abgestürzter großer vogel davor geld als grundraster ein eingestürzter schwarzer balken am boden eingebrochene baustruktur zerfallene reliquien versteinertes blut.

Wer einen stabilen Mythos braucht, braucht den Mythos aus der psychischen Gruft Satans unbedingt. Denn: Die induktive Destruktivität in der Thermeneutik quillt. Eine Wolke denkt sich: Wenn ich einmal groß bin, werde ich ein Gewitter!

Und dann wieder. Schweben Opfer als Rauch fort von hier.

Deshalb fallen sie in ein Meer aus Haß und ewigem Blut.

Das Labyrinth, es schäumt vor Wut und haßt den Kranken.

This is the Way Out Of Myself.

Wütende Rentner, die wieder nach Hause gehen nach dem Einkaufen, wobei sie sich bedingungslos angeeignet haben, was ihnen ihrer Meinung nach seit altersher zustand. Sonst ist gerade niemand da, just in diesem Moment, der bis jetzt 37 Milliarden Jahre dauert. Wehrhafte Rentner rauben, greifen nach Pfandmarken und den saftigen Hoden kleiner Jungen.

Später, als die Schlacht vorbei war, der Rauch sich verzogen hatte, schwelgten viktorianische Laudatoren in ihren Worten.

Sie leisteten sich den Luxus des Bedrohens. Darunter sind die Ameisen. Einem Plan folgend, zersetzen sie totes Leben in kleine Teile und wandeln es wieder zurück in anorganische Materie. Die Ameisen sind die Brücke vom Sein ins Nichts. Sie verwandeln das Fleisch in Gestein und düngen gefräßige Moose mit ihrem Kot, filtern Trinkwasser und Partikel.

Die Alpen von Wolfratshausen aus bei Föhn mit Gipfeln und Luft dazwischen. Wölkchen, gemalt wie bei Ferdinand Hodler, die heutzutage die Wölkchen hinter Entenhausen sind.

A-Geflechte, wie bei Alberto Giacometti. Durch sie wird aus existenzialistisch erdachter Dramaturgie Chemie und elektronischer Magnetismus.

Eingefangene Momente in einem ewigen Akt des Sterbens durch Rotation, Schwingung und Compton-Effekt.

Micky Maus schwebt mit Seife in einer Umlaufbahn!

Dort ist sein Rotorapit-Rasenmäher! Im Garten mäht er, von mir geschoben. Die unzähligen, getöteten Halme sind die oft erzählten Zeilen dieses Unglücks. Lange Zeit, bevor die Vergangenheit ihre kariösen Zähne zeigte und planlos schrie.

Peter Wyngarde. Die zerbombte Ikone. Verleumdet.

Untergang: Theologe. Philosoph. Mathematiker. Arzt. Psychologe (5. Liga). Ausgegrenzt, verabscheut vom Mainstream.

Darf man zu einer Weißwurst noch Weißwurst sagen, oder gilt dies als diskriminierend? Ist der Schwarzwald in Wirklichkeit ein Niggerforst, in dem Schwarzwild gejagt wird?

Malerei oder Kunst im allgemeinen passiert durch sich selbst, als eine Art Medium oder Fluidum, das leider gegängelt wird durch Unberufene. Bilder entstehen durch Zufälle, durch Mystik oder aus dem Nichts des „Bonum Humanum", ein Sehnsuchtsort, eine Fatamorgana einer vielleicht glücklichen Vergangenheit, die es so nie gab, oder einer Halskrankheit.

Die Veganer, Vegetarier, Makro- oder Mikrobioten, sie irren. Schweinshaxe, Wammerl und Schnitzel und Gulasch sind es, die uns gesund erhalten. Im Essen ist alles drin. Und der Körper kann es spalten bis ins letzte Atom. Und alles, was er für sich braucht, aufsaugen. „Es kommt nicht darauf an, was man ißt, sondern wie man ißt", so Marilyn Monroe leicht abgewandelt. Und es kommt darauf an, wer ißt. Der Geist, die Seele muß gesund sein. Ein Balanceakt ein Leben lang.

Der Appetit muß stimmen. Wichtig ist die Freude, die Lust am Essen. Lust, Freude, Befriedigung, richtige Lust, nicht Gier, wirken sich durch neuronale Impulse aus der Welt des

Gehirns und der Verdauung positiv aus auf Blutkreislauf, Toto, Lotto, Blutdruck, auf Hormonsysthem und alle noch unerforschten Querverbindungen, in dem unendlichen, von Mikroorganismen, und wer weiß von wem noch besiedelten Körpersysthem, das eventuell Mechanismen einer n-fraktalen, chaostheoretischen Struktur und Kreatur folgt ...

Alles vielleicht nur eine Vision von Viren. Eine Spezies, mit der evolutionär bedingten Stabilität, die Jahrmilliarden überdauern wird in unserem Gehirn. Und wir?

Was haben wir von der Welt? Was sagt Herr Maus?

Nichts? Wer einschenkt, kann nicht trinken (Altvordere)!

Oder sollen wir etwas haben oder tun oder sein?

Sind wir?

Wenn ja, was?

Wenn nein, ja dann ...?

Der große, böse Wolf und das Koträppchen kamen gerade noch lebendig davon. Mit zerzaustem Gefieder zwar. Aber doch beraubt. Dem großen, bösen Wolf, als solcher wurde er verleumdet und verächtlich gemacht, stahlen sie einen Hosenträger, so daß er nur mehr einen Hosenträger, einen Damokleshosenträger, sein Eigen nennen konnte...

Jahre später, als ich schon geboren war, habe ich meine senilen, letalen Arbeitskollegen in einem abbruchreifen Wohnheim für Schwerbehinderte umgebracht.

Ich arbeitete dort im sogenannten Nachtdienst. Das heißt ich war von 22.00 bis 6.00 morgens zuständig für 8 Behinderte, alles Rollstuhlfahrer, Blinde, Lernbehinderte, etc., die auf zwei Etagen in einem 7-stöckigen Wohnhaus verteilt waren. Jeweils 4 Behinderte in einer Etage.

Die Geburt eines Menschen ist wie das Abschießen eines Satelliten von der Erde, der ins All fliegt.

Er fliegt weg in die Leere und verstrickt sich in seinem Denken in Hirngespinsten, die ihn umgeben, wie in einem Gottesdienst und wie in einem für Fressfeinde undurchdringlichen Konkon. Keiner kommt rein. Aber es kommt auch keiner raus. Gewebe von ameisenartiger Mechanik instruiert und geplant entstehen und vergehen.

Sie stoßen, so sagen Wissenschaftler, Transphotozoophyten aus, die unser Bewußtsein nach irgendwohin deportieren. Sie kooperieren symbiotisch mit Kristallophagen, die die Stratosphäre umhüllen weit oben. Von uns aus gesehen in einem der abgestuften Außenbereiche variabler Nemesisschalen.

Hirnhexen - Brainwitch.

Bauern, Bonzen und Bomben (1975, n. Chr., Bravo, No.: 42)

Kaum hatte ich das Laufen mit meinen eigenen Beinen erlernt, sagte die böse Nachbarin, die in einem freistehendem Haus lebte, daß ich ein Vogelnest ausgeraubt hätte und ich das Nest der Vögel zerstört hätte.

Ich habe das nicht getan. Ich hätte niemals Vögel getötet. Ich hätte es auch nicht tun können. Erstens wollte ich sie nicht töten. Und zweitens, selbst, wenn ich es gewollt hätte, hätte ich sie nicht töten können, weil sie davon geflogen wären.

Damals wollte ich weder irgendeinen Vögel töten noch jemand anderen. Ich wollte gar nichts, außer Frühstück, Mittagessen und Abendessen. Danach aber wollte ich sie töten, die böse Nachbarin Frau Schmidt, Schwester Ratched, Frau Dr. Wurzer, Susi aus der Talerbrigade, Susi, die Tochter vom alten Schaub, Mutter Trudl und den alten Schaub.

Ich wollte nach Hause. Es war noch Nacht. Doch:

Es begann die nautische Dämmerung. Ich war in den Grünanlagen in meiner Vorstadt angelangt nach langer Wanderung und langem Trip. Vögel begannen zu zwitschern. Die Luft war noch frisch und kühl. Wohnblöcke, Reihenhäuser mit noch schlafenden Menschen und künstlichem Licht.

Die bürgerliche Dämmerung. Dunkelblau ganz oben. Hellblau am Rand des Himmels. Im Kontinuum der Zeit das hellgrüne Rosa in der Stille, die erwacht. Scott Carey aus „Incredible Shrinking Man" kommt nach Hause nach Wirrungen und Irrungen der Nacht und der Dämonen, die nun wieder im morgen zu verschwinden schienen.

Damals dachte ich immer, ich will nach Hause. Und als ich endlich zuhause ankam, lachten alle über mich und zeigten alle mit ihren Fingern auf mich, Schwester Ratched, Mutter Trudl, Vater Franzl und der alte Schaub, samt seinen Komplizen und Gespielinnen. Sie kicherten über mich und meinten, ich sei zu spät gekommen. Es bestätigte sie in ihrem Urteil über mich, das sie sich über mich gemacht hatten, und als ihren familieninternen, sogenannten „gesunden" Menschenverstand, von dem ich ausgeschlossen war, einem ihnen innewohnenden „Common Sense", sanktioniert hatten, daß ich zu spät gekommen war. Wie üblich, zu spät gekommen war.

Denn wer einmal zu spät kommt, der kommt immer zu spät und dem ist nicht mehr zu helfen und dem traut man nicht mehr und mit dem will man nichts mehr zu tun haben und dem hört man auch nicht mehr zu und der muß weg. Egal wie. Und sie erwarteten ja auch nichts anderes von mir. Alles andere als mein „Zu-Spät-Kommen" hätte sie eventuell nur unnötig verwirren können, für einen kurzen Moment, oder aber auch verärgern, was dann Konsequenzen für mich hätte haben können (So drohte der alte Schaub mir). Und es lohnte sich ja auch nicht mir zu helfen, denn was hätte man denn schon davon, wo man doch sowieso nichts mit mir tun haben will. Und sie lachten über mich und zeigten mit ihren Fingern auf mich. Dann sagten sie ihren Beiwohnenden, ihren potentiellen Zeugen, die gegen mich durchaus auch hätten aussagen können, und die sie als die „ihren" bezeichneten, daß sie wieder wegschauen können, weil sie mich wieder vergessen sollen und ich es nicht wert sei, daß man sich an mich erinnerte, und daß es sich nicht lohnt sich mit mir zu beschäftigen oder gar mit mir zu reden oder Kontakt aufzunehmen.

Das, eine Kontaktaufnahme, wäre dann allerdings verpönt gewesen. Sich mit mir zu unterhalten, ein Unding der Unmöglichkeit. Es wäre verpönt gewesen und vielleicht sogar ein Skandal innerhalb der Familie, den der, der ihn verursacht hätte, sich nicht hätte leisten können. Und der eine Provokation ausgelöst hätte, die man unbedingt verhindert hätte wollen, die aber aus Schlamperei oder Fehleinschätzung nun ihr Unwesen zu betreiben schien.

Aber im Endeffekt sich dann doch nur als ein Ärgernis entpuppte, das „Gott sei Dank", nun gewesen war.

Ich wollte immer der Freund von irgend jemand sein.

Und auch dieser Irgendjemand, oder wer immer er auch war, wußte, wer ich war und verschwand.

Für Schwester Ratched war der Beruf des Lehrers eine Aufgabe, die die Pflichterfüllung als oberstes Gebot beinhaltete.

Erziehen heißt: Es gibt am Sorbet, der Universität von Paris, in diesem metropolischen, völlig übervölkerten, von Abwässern aller Art verseuchten und zerstörten Paris, das immer noch in den Erinnerungen an Louis Seize schwelgt, sinnlosen Pomp, Hundezucht und die Erziehungswissenschaften.

Sogar Minni Maus hat noch einen Sekretär aus dieser Zeit (LTB.: No. 17).

Erziehungswissenschaften heißt: Es sind mehrere Wissenschaften gemeint. Erziehungswissenschaft 1 bedeutet Gleichschaltung und Aussonderung unbrauchbarer Objekte. Erziehungswissenschaft 2 heißt Antizipierung und Paralleliesierung der Finalobjekte. Erziehungswissenschaft 3 bedeutet Formatierung und Ausrichtung auf Feindebenen und Bereitstellung von Objektmaterial zur Vernichtung oder Kontrolle einer unbeobachtbaren Gesamtsituation, die als Bedrohung gilt oder gelten könnte. „Erziehen" ist zunächst reine Gewalt gegen diejenigen, die sich nicht wehren können, weil sie nicht wissen können, was mit ihnen beim „Erziehen" durch Dressur von Dompteuren, die loben und bestrafen, mit ihnen passiert. Und damit war für Schwester Ratched der Auftrag erledigt.

Und nun wollte sie nichts mehr davon hören oder wissen. So wie die Ausschwitzangestellten und Koordinäre nichts mehr wissen wollten, weil ihr Auftrag erledigt und legitimiert war. Andere hatten nun die Verantwortung. Ein Auftrag war zu erledigen und dies wurde in ihren Augen auch ordnungsgemäß bewerkstelligt. Und wissen mußten sie ja nichts.

Welcher Auftrag es war, schienen sie nicht wissen zu wollen, schien sie nicht zu interessieren, weil sie dafür nicht zuständig waren. Die Philosophie der Leugnung half und hilft vielen, einfach so, davon zu kommen aus ihrer Verantwortung für etwas, daß sie zu tun hatten. Du aber sollst nicht wissen! Und sie taten es dann. Irgendwo. Überall. Alle!

Und sie sollen uns lehren, was tun ist und zu tun sei?

Schwester Ratched konnte ihre Aufgabe erfüllen. Sie hat sie erfüllt. Und damit muß Schluß sein mit jeder Diskussion über irgendwelche Folgerungen, Konsequenzen, Ereignissen, die aus ihrem Tun resultierten. Irgendwo muß Schluß sein.

Wofür? Um zu vergessen, daß sie mich tötete.

In der Grundschule bekam ich eingebläut, daß Hilfsverben, wie haben, können, sollen, dürfen, müssen, haben, hätten, hatten, werden, wird, worden, gewesen und sein und alle anderen Hilfsverben auch, an die ich mich im Moment nicht erinnern kann, als stilistisch unelegant gelten und als stilistisch falsch. Dieses Gebot oder Verbot, Aufforderung zur Vermeidung stammte noch aus der alten Nazizeit. Schreiben und Sprache mußte in einer Weise standardisiert werden, so daß Äußerungen außerhalb einer „genehmigten" Form, per se, als falsch galten, zu verwerfen und zu sanktionieren waren. Eine Regelung durch eine vermeintliche Elite, die sich bis heute gehalten hat. Und die Hilfsverben? Geworden, um können müssen zu wollen, ist schwul, und darüber hinaus undemokratisch und radikal volkszersetzend. Und Dürfen müssen zu sollen wollen ist absurd, unschicklich und schädlich für das Rückenmark, uns von Negern injeziert als Droge.

Heute wird im großen Stil zersetzt. Man polemisiert, globalisiert, all over the globe, und schließlich wissen es alle nicht.

Hilfsverben waren böse. Deshalb sind sie ausgestorben.

Ihr Hilfsverben seid böse! Ihr seid es, die sterben!

So etwas tut man nicht. Und wenn, nur gezwungenermaßen. Denn sonst tut man. Kants indirekter Imperativ, im Abseits.

Ein unerkanntes Foul. Zweimal und oft. Leben ist nicht das Leben eines Menschen, sondern Materie, Masse und Sterben.

Ich träume immer wieder von einer völlig versiegelten Erde. Boden wird gepflastert, mit Kies bestreut, betoniert, geteert. Am besten dann mit weißer Farbe bestrichen, so daß Sonnenlicht reflektiert und zurückgeworfen wird ins All. Gletscher und Weltmeere weg. Auch das Wasser verdampft und in der Stratosphäre: Eine H2O-Schicht, die nicht mehr auf den Erdboden gelangen kann, weil die magnetische Ausrichtung des Vakuums, über der Erde, ein Absinken des H2O verhindert.

Theoretische Kunst. Alle sind gestorben. Jeder stirbt.

Die Installation folgenden Bauprojekts ist empfohlen:

Erstens: Das Abtragen der Gebirge, um mit dem Bergschutt die Untiefen der Weltmeere zu kompensieren. Ausgleich der Höhenunterschiede. Versiegelung der Erdoberfläche.

Zweitens: Das Verdampfen des Wassers, indem Hitzestauung erreicht wird durch Verdunkelung der Erdoberfläche, um dann den Planeten möglichst komplett flächendeckend einzuebnen und auszutrocknen, damit Organismen nicht wachsen können. Anschließend kahlen Erdboden weiß bestreichen, so daß das Sonnenlicht komplett reflektiert wird.

Eine Pseudosonne entsteht, die nur durch die Sonne existiert.

Die Erde wäre dann eine perfekte weiße Kugel, die strahlt.

Ein Erdball, der befreit ist von Qual, Elend, Krieg, Krankheit, Angst, Leben aller Art, etc. pepe. Hier gibt es nichts mehr.

Ein freier Erdball. Endlich ohne Leben und Luft.

Freiheit von Leben. Freiheit von den noch Lebendigen.

Eine Freiheit ohne Menschheit. Eine Freiheit ohne Leben.

Eine Freiheit ohne Materie und Energie. Eine Freiheit ohne Sein. Eine Freiheit im Nichts der Vergangenheit und Zukunft.

Das wollten auch die frühen Herrscher und Pharaonen der Praedynastik, etwa 10-20.000 Jahre vor Jesus Christus mit ihrer Macht und ihrem Wissen erreichen. Die Cheops-Pyramiden, ca. 2850 Jahre v. Chr. waren nicht nur Begräbnisstätten für die Pharaonen, sondern darüber hinaus kosmische Kommunikationspunkte zwischen dem Pharao und der obersten Gottheit Ra oder Re genannt, also der Sonne. Es muß ein gigantisches Erlebnis gewesen zu sein, zu beobachten, wie bei Sonnenaufgang das Licht der Sonne auf der spiegelglatten Außenwand der Pyramide in alle Farbschattierungen gebrochen und reflektiert wurde. Ein Ereignis, so beeindruckend wie eine Sonnenfinsternis. Kein Wunder, daß viele Ägypter zum Teil freiwillig sich an so einem gigantischen Bauvorhaben beteiligen wollten. Das Opfern allen Lebens und der eigenen Existenz. Die Christen nennen es „Totensonntag".

Während ich als Kind im Suff die Konzentration verlor und bald nicht mehr wußte, wo ich war, weil meine Eltern, als ich vier Jahre alt war, mich in ein Klosterheim abgegeben hatten, weil sie in den Urlaub nach Italien, nach Livorno, fuhren und ihre Ruhe vor mir haben wollten, war ich eingeschlossen in einer Zitadelle eines Klosters, wo sich alle um mich kümmerten und ich weinte Tag und Nacht, wie später von den Nonnen den Eltern berichtet wurde.

Ich wurde gemobbt. Als alle „Mitarbeiter", 30 Jahre später, in der Dienstbesprechung über mich tuschelten, outete ich mich als homosexuellen, inkontinenten und impotenten ehemaligen Kinderschänder, der angeblich eine mehrjährige Haftstrafe „verbüßt" hatte wegen Drogenschmuggels und vorsätzlicher Beleidigung von sogenannten „Kaffern", „Vertriebenen", „Niggern" und „Aussätzigen" aller Art.

Ich sprach mit Absicht von „Kaffern", weil ich mich zusätzlich belasten wollte, um, den Pharisäern unter den Arbeitskollegen noch mehr Futter für Verleumdung gegen mich zu geben. So daß sie sich noch mehr gezwungen sehen mußten, sich insgeheim bloßstellen zu müssen oder zu dürfen, in ihrer hysterischen, zweifelhaften Selbstgerechtigkeit und ihrer pharisäerischen Selbstgerechtigkeit und ihrer opportunistischen Lynchjustizbereitschaft.

Ich habe mich verbüßt, sorry!

Ich hatte Respekt vor gekochten Kartoffeln, als ich Bratkartoffeln machen wollte. Vor mir hat niemand Respekt.

Bratkartoffeln sind genauso Menschen wie wir. Und wir sind verpflichtet darauf zu achten, was sie uns sagen wollen. Zum Beispiel „dreh mich um". Ich liege in der Pfanne und es ist zu heiß für mich. Höre (Listen!) auf die Dinge, die Menschen, die um dir herum sind! Sie reden mit dir! Hör ihnen zu! Und dann überlege, was sie dir gesagt haben könnten.

„Junger Mann!" heißt in Wirklichkeit: „Du naiver, ahnungsloser Volltrottel!" und ist eine Beleidigung und Herabwürdigung deines ICH und eines „Du" in unserer riesengroßen Welt, in der alles vergeht, nur Anfang hat und Ende und in der nichts unendlich ist, wie die Größe des Alls und das Wirken Gottes, von dem wir nichts wissen können. Und viele auch nichts wissen wollen und können, weil sie eben nicht wollen oder können oder dürfen.

„69th World War", eine avantgardistische Musikgruppe, die

die Menschheit beschreibt nach einem sechsundneunzigsten Weltkrieg in ferner Zukunft. Wie Sepp Herberger schon sagte (abgewandeltes Zitat), nach dem Weltkrieg ist vor dem Weltkrieg. Denn was hätte denn die Menschheit dazulernen können in dem Zeitstrom Richtung ferne Zukunft, wo Welten und Menschen als Indivien eines Fehlers 13. Art, oder rationaler, reeller oder als komplexer Salat n-ter Art entstehen, wo „unser", „eigentlich mein" Bewußtsein als Einziges in dieser Welt verschwunden sein wird. So haben es die Nachkommen der Nationalsozialisten im Inneren des Mondes errechnet. So soll es behauptet worden sein von Wölfchen aus MickyMaus.

Das Beste ist das Plusquamperfekt. Denn gewesen sein wird immer, wo etwas war. Und etwas war immer und entstand, weil es etwas gab, das gewesen war und heute nicht mehr existiert, weil es plötzlich weg war. Warum auch immer. In dieser unendlichen Welt, ohne Anfang, ohne Ende, in der wir mikroskoperisch erscheinen und verblassen wie Glühwürmchen, unter einer dünnen Luftschicht, verlieren wir unsere Existenz und werden anorganisch ausgependelt.

Nur ein Glaube, der dies anerkennt, kann einem diesen hinduistischen Schwachsinn einer Memorabilisierungserklärung erklären und schmackhaft machen.

Nämlich, daß die Zukunft war. Ich bin. Ich war.

Crogitro pergo est.

Sbss bss wh wh wh wh!!

Buddah-Schei-Ze. Glaube. Wissen. Transparenz. Insistenz.

Der „dicke" Winkler, ein Buch von ihm selbst geschrieben, einem Historiker, wahrscheinlich sein Lebenswerk.

„Geschichte des Westens" heißt dieses Machwerk. 3500 Seiten lang. Wer liest sowas? Ist er mit diesem „Werk" unsterblich geworden oder wird er es erst, der Heinrich August?

„Machwerk", ein Begriff, der das, was als solches bezeichnet wird, abwerten oder entwerten soll, als etwas Niederträchtiges, Minderwertiges, das bestraft werden soll, etc.

Der beharrliche „Osterhammel". Das 19. Jahrhundert ist sein Thema. 8500 Seiten. Viel Lesestoff zum schmökern. Und es ist es wirklich auch wert! Aber wer hat die Zeit diese akribisch, analytischen, akademischen Ausbreitungen und Ergüsse sich einzuverleiben oder zu lesen.

Die Tatsache, daß 12 und 7 nicht 63 sein kann, ist der Beweis, daß es 27 sein muß. Diese „Tatsache", die eine Tatsache ist, ist ein Hinweis auf den Blutrausch der Rache.

Blutjunge Nonnen werden grausam durch Zufuhr von sexueller Gier in der Heiligen Nacht zu Tode gequält.

Lloyd: „Genauso wie immer!" (Stanley Kubrick; The Shining)

Papst Innozenz, „Humanum faeces est." Ergo:

Alfred, der Dämliche, war einer der Anführer gegen mich.

Geadelt vom Betriebsrat, einem inoffiziellen Faulenzerverein für Kaffee- und Zigarettenpausen auf Geschäftskosten.

Ein Glücklicher, ein „Davongekommener", war er mit mehr Glück als Verstand, wobei hierfür nicht allzuviel Glück nötig war, ein selbstzufriedenes, eingebildetes, unerträglich überhebliches Subjekt, das sich über andere lustig machte in der Talerbrigade, dem alles zufiel durch Schicksal, durch Zufall und der sich von Coretta, der dämlichsten Inderin dieses verseuchten Planeten, einen blasen ließ. Und das in einem Rehazentrum, das in Wirklichkeit eine Mischung aus Kasperltheater, Kindergarten und Irrenhaus war mit einer Erzieherin, die eine Nachkommin einer KZ-Aufseherin in einem Konzentrationslager für behinderte Kinder war in der vinsteren Vergangenheit der totalen Nationalphysiologen.

Dann kamen wieder die Nächte im Winter mit den großen Schneehaufen überall. In denen ich nach durchgemachter lysergischer Nacht am frühesten Morgen kurz nach Ladenöffnung meine Deja-Vu-Einkäufe machte und in mein damaliges

Zimmer in meinem Elternhaus zurückkehrte.

Alles weiß. Und ich hatte meinen Geldbeutel verloren. Und meinen Schlüssel für das Haus meiner Eltern, wo ich wohnte und zu dem ich zurück kam und staunte, wer da aller da war. Gestalten, die mir unbekannt waren, die meinten mich schon einmal gesehen zu haben, wahrscheinlich entfernte Verwandte von Schwester Ratched. Und ich flüchtete in mein Zimmer im ersten Stock. Mein Kinderzimmer war ausgebaut. Meine Bilder waren noch da, aber von Motten angefressen und eingerissen. Sie waren zu klein für das Format, für das sie ursprünglich bestimmt waren.

Ich fand noch was zum rauchen oder glaubte noch welches gefunden zu haben. Es war noch was da und ich war froh darüber und dann vergaß ich wieder was zu rauchen.

Da war noch ein Rest in einer Schublade.

Die Wächter im Irrenhaus mordeten weiter. Nach Norbert, der in der Talerbrigade in den Selbstmord getrieben wurde, ermordeten sie schließlich auch mich, der ich umfunktioniert wurde zum verabscheuungswürdigen Sündenbock. Seitdem kenne ich keinen Menschen, der nicht überfordert wäre vom Leben und seinen Eigenheiten, wie Angst, Armut, Verwirrung, Unkenntnis, sinnloser Raserei, Hysterie, Wut, Haß, Selbstüberschätzung und Aktionen, die in den Untergang eines jeden Individuums führen. Und Einsamkeit, Isolation und die Angst vor dem Sterben und dem Tod.

Aus versteinerten Wäldern schallte es in der Dämmerung hervor. Das dröhnende Schnarchen über spitzigen Angstschreien. Ein Stöhnen. Ein Wimmern, hoch wie Zersplittern.

Panik, Schweiß, Brühwürfel und Blut, eingespritzt in Äonenächzen, während in jener Attosekunde Stämme, Klassen, Ordnungen, Familien, Gattungen und Arten aller Art vorbeizischen, vorüber driften als der Fraß der Ameise.

Mit bloßem Auge nicht sichtbarer Staub, der im rechten Oberarm mit abgelaufenen Balsam zwickt. Er pulsiert, wie aus dem Inneren der Erde und dröhnt. Der Mensch als Allegorie des Insekts am Knopfdruck Gottes und die Maden in der entzündeten Brust der Amsel. Sie stirbt plattgefahren auf der Straße oder eingedrückt im Blechwrack einer Wurst, die nie im Kraut platzt, aufgepickt von Spatzen ohne Gnade.

In meinem ganzen Leben habe ich so gut wie nie gearbeitet. Mich wollte ja auch niemand arbeiten lassen. Die Einzigen, die sagten, ich dürfe für sie arbeiten, waren die, die mich verachteten, haßten und deshalb voller Wut vernichten wollten. Sie ließen mich für sie arbeiten, um mich zu demütigen.

Der Bruchteil ist bald vorbei. Sie haben mich getötet.

Der, oder mein, Kopf ist tot.

Ein Bruchteil der Ewigkeit ist wieder vorbei.

Der halbe, zerquetschte Körper einer Amsel auf der Straße.

Ihr Gesicht sagt: „Nimm mich!", „Ich liebe Dich!"

Jahre später, scheinbar, ein ganz anderes Ereignis.

Banacek hat den Freund von Sharon in Verdacht, einen Geldtransporter gestohlen zu haben. Eine oder zwei Blattwanzen versuchen in der Kajüte seiner Yacht zu überwintern. Der Wandsafe in einer Düsseldorfer Gaststätte wurde aufgebrochen. Auch Anna und Otto werden verhört. Alle Welt soll glauben, Alice sei geisteskrank. Sie verletzt sich bei einem Sturz und stirbt. Ihr Hausarzt enthüllt jetzt den Hintergrund der Tragödie. Mit der Zeit werden die beiden dicke Freunde.

Die Gefängniswärterin versucht ihm Trost zu spenden.

Er gilt als Prophet und glaubt die Stimme Gottes zu hören.

Damit wollen sie den Verlag retten.

„Mice in the razors.

Clay in the heators.

Just what you been heard.

Just what you been told.

Bear this in mind!" (Tarotplane; C. Beefheart)

Captain Cook, II. Und Flipper. Flipper!
Flipper, Ahab, Popeye, der Thunfisch im Aquarium Salvador
Dalis, dem ein Rhinoceros aus der Eiszeit erzählte, wie Tri-
malchio und Askytos von der Galeere steigen, hinab auf das
Floß, auf dem Charlton Hestons Füße standen und anfingen
zu stinken, mitten im Mittelmeer bei Ben Hur.
Die Tierliebe des Jonas, der Fischstäbchen zum fressen gern
hatte, weil er eben tierlieb war. Er öffnete sein Maul und 600
Millionen Jahre alte Quallen lagen auf ihm, erpressten ihn.
Fett mit Schamhaaren und Schenkeln. Und das soll nun sein
Dank gewesen sein. Erdrückt in den Wanten seiner Arterien.
Wieviele Quallen wurden geboren seit 600 Millionen Jahren
und lebten auf dieser, vermeintlich „unserer" oder Gottes,
großen, breiten, immer schmaler werdenden, Welt? Ihre Körper würden den Erdball dermaßen umhüllen, daß die Qual-
lenkörper übereinander gelegt, die Erde umspannend, sogar
den Mond in sich mit begraben würden. Quallen und ihre
Kadaver würden sich türmen auf der Erde bis zur Umlaufbahn des Mars und der Venus. Der absurde Irrsinn des Lebens, des Daseins auf dieser Welt ist, einer Seuche gleich, ele-
mentar und nicht ausrottbar. Das Leben wird immer den
Menschen vernichten und zerstören. Das Menschsein ist der
Todfeind des Lebens. Eine nicht weg zu denkende Auswuch-
erung der Entwicklung des Geistes unseres Daseins, unserer
in eine Sackgasse oder Einbahnstraße mündende Existenz.
Aber es ist gut so. Wie gereinigt durch ein Bad im Meer.
An Land gespült und Sand geworden. Demut vor Gott.
Denn er nämlich wurde verdaut mitten in Donalds Auto.
Der absurd erscheinende Weg von Sein und Zeit.
Er wurde im Vorschulalter verloren gegangen. Er versank.
Übrigens: Peter Fonda haßte Waffen. Und starb.

Vor 9900 Jahren bereits diskutierten dies die Philosophen der Antarktis, des Himalaya, des Tschad-Tibesti, der Unkel.

Die Spatzen schissen herab von ihren Dächern ihrer Apotheken, vor denen man schon die Pferde hat kotzen sehen, die meinten bei ihren Leisten geblieben zu sein.

Ihr Kot düngt nunmehr Wachstum von Gras und Gas.

Auf meinem und Boney M´s Grab.

Strange Hallucination.

Requiem zum Tod der Votze Satans, dem Tode Ratcheds.

Die Fadentheorie führt sich selbst zurück in ihren Ursprung.

Adenauer. Amöbe. Bronstein. Bernstein. Die Stielwarzen am Hals des indogenen Verfolgten, von allen „Kaffer" genannten, klafften auf. Allmählich wurden sie schlecht und ein Geheimtip für Vergnügungsmuffel, die das Besondere lieben.

Der Abstand der Kälte auf dem Kissen des ruhenden Armes ist geschlechtskrank wegen der stammdicken Riesenborsten.

Sie spalten Kontinente und Entwicklung.

Ich weiß nicht, was wesentlich wichtig ist.

Und ihre Ordnung hat sich in der Klasse ihrer selbst verloren.

Meine Familie ist ein Wehtun für das, was ist.

Meine Eltern und Schwester Ratched sind geboren worden, nur um mich zu töten.

Henry Fonda: „Die Welt wird immer schlechter, Werte gelten nicht mehr viel. Menschen, die über Leichen gehen, werden von vielen bewundert. Ich war so ein Mensch."

Und: „Ich wollte keinen Funken Menschlichkeit, sondern zeigen, wie allein ein Einzelgänger sein kann und wie ihm sein Weg vorgezeichnet ist, wenn er versagt hat und sich selbst nicht mehr weiterhelfen kann und nicht mehr weiterhelfen will."

„Ya done put mice in the radiator!

Razors in the clay! Make us work all night and all day!

Don´t give us no pay!" (Tarotplane; C. Beefheart)

Der Traum des Herkules nach seinem Vollsuff, ausschlafend: „Sedisvakanz. Verstopfung der Sitzung und Erwartung des Aborts!" Herkules, Ausgeburt der Nutzlosigkeit von seiner eigenen Puffmutter ausgeschissen, sitzt und entleert sich.

Aufgebäumt zu einem Oratorium orgiastischer Inkontinenz und viriler a-sado-kapitalistischer Inanspruchnahme auf dem Plumpsklo der Wertschöpfung. „Ein Pfurz für einen Menschen, aber eine Wurst aus Shei-Ze für die Menschheit!"

Herkules, erwacht aus einem Traum in einer Darminnenwand, mausert sich hoch zu einem Nutzniesser, Nebbich.

Er, der vergeudete Kathedralenanscheisser, U-Bahnpinkler!

Herkules, der Sohn Erdmuthes, verrichtete immer gerne seine Nothdurft in französischen Kathedralen. Doch sie glaubten, es seien Hunde gewesen, die die Gotteshäuser beschmutzten. Er pfurzt in kleinere Kathedralen und kratzt sich mit der entzündeten Monstranz seinen Nillenkäse von der Eichel, läßt es mühelos röhren und tönen in seinem 2,9-PegelSure.

Verdient sich dumm und dämlich, unausgenüchtert, mit einem gestohlenen Patent einer Dunstabzugshaube für Hubschrauber, die die leeren Hüllen ihre Bewunderer mit offenen Mündern und verabscheuten Verbrauchern fallen lassen.

Eigentlich ein zu kurz geratenes Mastschwein mit mehreren Ärmeln, die zu kurz geworden sind. Die Symbiose einer Stilwarze am Kropf eines, aus seiner Sicht, mittellosen Kaffers aus der kommunistischen Partei, den er beiläufig fickte oder von seiner Puffmutter Erdmuthe ficken ließ.

Der Glaube des Menschen an Gott ist eine ungeheuere Herausforderung. Denn immer ist dieser Glaube konfrontiert mit der Vorstellung, daß sein Geist und Denken Gott formt in einer Vorstellung. Gott als etwas zu begreifen, das außerhalb der menschlichen Erkenntnismöglichkeit liegt, bedeutet für viele eintauchen in ein unbekanntes Land. Man glaubt an et-

was, von dem man nichts weiß. Ein Dilemma entsteht.
Glaube erfordert das Eingeständnis des Menschen, nicht alles wissen zu können und das übergeordnete Transzendente zu akzeptieren. Demut ist der Begriff für dieses Eingeständnis.
Ein Erfassen des Transzendenten aber ist unmöglich.
Doch hier ist das Wasser, das dir folgte.

Am Rand der Erde saß ich, eine eiskalte Spätnovembernacht war es. Glasklar und der Vollmond schien herab. Und mir wurde bewußt, daß ich der einzige Mensch bin auf diesem Planeten Erde. Doch dieses Bewußtwerden einer grandiosen Einsamkeit war nicht erschreckend oder depremierend, sondern erfüllte mich mit Demut und eigenartiger Geborgenheit. Und als alles vorbei gewesen schien und viel Zeit vergangen war, kam der Flashback aus dem Stoff und folgte mir in meine leichten, süßen Deutungen in tagnächtlichen Träumen.
(November 1980 bei Prof. (t.c.) Rist (tumoris causa).
Ein Kontinuum, bei dem die Grenze zwischen Vergangenheit und Zukunft gegen Null strebt. Was wird, wird gewesen sein. Vermischt mit den Ingredienzien profaner Natur ruft es immer noch nach meinem Wissen aus DNA und King Kong.
Mit den Ingredienzien aus dieser Welt, aber nicht von meiner Welt, die ich jetzt endlich entdecken konnte. Sie, die Ingredienzien aus der Notdurft einer unsichtbaren Made.
Die Notdurft der Mikroorganismen bevölkert unsere Welt!
Die Notdurft der Mikroorganismen formt unser Ich, Geburt, Leben, Sterben, Anfang, Ursache, Folgerung und Ende.
2, 3, 5, 9 ... werden es wohl gewesen sein, von denen ich immer noch träume.
Nacht für Nacht.
Der Apfel Adams, inzwischen schon lange verdorben, wird weitergereicht an Captain Cook, dem Herrn der Meere.
„Am meisten stirbt der Fisch beim schwimmen!", sagt er.

Raus aus dem Netz und nur Flossen helfen dir eingeklemmt in deinem Element, das dich stets bedrohte und dir rätselhaft blieb, nämlich dem Wasser. Nur Flossen, weder Arme, Beine, Ohren oder Zähne und Bauch. Meinte Captain Cook.

Dann bestattet auf höchster See oder in einem Mahagoniesarg mit Applikationen aus Elfenbeinen, die uns der Toten entledigen sollen. Oder so, wie ein plattgefahrener Igel, an dem eine Krähe sich nährt, wenn die Ampel rot anzeigt.

Jetzt wird alles gut, denn:

Flipper wurde geboren und Timmy, der kleine Junge aus Florida, wo alle in Badehosen zur Arbeit gehen und immer tauchen und fischen in der fischreichen See. Jetzt werden Fischstäbchen aus Leberkäse und Menschenfleisch gemacht.

Moon Redux. Die groovende Eitelkeit eines toten Freundes.

Horst Fischer, der Lagerkommandant der ss von Lager dingsbums, dingsbums entscheidete durch Kopfbewegung nach links oder rechts, ob Arbeitslager oder Gaskammer. So steht es geschrieben in Aufzeichnungen. Einer verschreckten Jungpimpfschar aus Wasser- und Angebotsnationalisten nickte er an einem schaurigen Lagerfeuer zu, zum Gedenken an seinen 25sten Todestag. Timmy wollte mit Lassie bei einer Dressurprüfung mitmachen und siegte. Über ihnen ereiferte sich der Ültjefant und beklagte das Unrecht dieser Welt, das ihnen unüberabzählbar erschienen war. Auf der Ziellinie ihrer Lebenszeit sind die Alten uneinholbar. So wie die Alten, die gerade vor einer Minute geboren worden waren, um zu keifen.

Sie kommen als Erste durchs Ziel, sind tot und schmecken.

Früher dachte ich Israel sei eine Insel irgendwo bei Japan.

Aber ich Dummerchen habe sie wohl mit Helgoland verwechselt oder mit Legoland und Flipper.

Nun füttert Luke Halpin den Fisch, während einer Abendstimmung, trostlos, romantisch. Die Sonne taucht ins Meer.

Abendstimmung: Sie ist etwa gelb-rot-blau-schwarz. Dann

wird sie blau und dann wird sie Blech und dann ist sie aus.
Hier füttert er, staunt, zittert und stirbt unentdeckt geblieben,
ohne Engagement, ohne Rolle, das unendliche Firmament.
Klare Sicht. Helles Türkis in allen Wolken, in aller Augen.
Stundenlang bimmelt die Glocke sich einen Wolf für ihn, als
wäre es die Straßenbahn in der Unterführung vor dem Krieg.
„The Robots" singen im Wind ein Lied namens „I am sorry to
say". Ein Lied, aus einem goldenen Zeitalter, das es nie gab.
Sonst nichts. Dem Untergang geweiht. Ist die Sonne.

After all this. Bei Morgendämmerung. Obwohl: Dieser Klapp-
eratismus soll wohl den Garten der Erinnerung vorstellen.
„Praying to Satan, Ruler of the lonely people" (Arzachel)
Die faschistische, schuldige Spießerhure an ihrer alten Votze
am Fleischerhacken aufgehängt, so erzählte mein Religions-
lehrer im Gymnasium, 8.Klasse, ließ man ausbluten und den
Kadaver danach dörren, um ihn haltbar zu machen für ein
Abstrusitätenkabinett. Seit altersher eine bewährte Tradition
und Konservierungsmethode zur Abschreckung, Mahnung.
Vielleicht auch zur Appetitanregung nach immer mehr.
N. H., die S. R. verdorben hat, badet ihre Schuld.
Denn was die „Zwei" verbrochen haben, ist 69th World War.
Und Lassie fraß dann gierig, was am Ende übrig war.
Der einstmals verprügelte Köter war nur noch ein verlaustes
Fell, in dem sich Blut, Matsch und Knochensplitter befanden.
Es war das Ende meiner Kindheit und ich war, nach alter
Väter Sitte, „großgezogen" worden zu einem menschlichen
Wrack, einem alten Dampfer gleich, den man flicken muß,
damit er nicht untergeht und der alleine absaufen würde.
Man glaubte, ich sei zur Vernunft gekommen. Aber auf dem
Weg zu ihr hatte ich mich verfranzt und irrte nun über den
mit Exkrementen der Quallen der Vorzeit besudelten Sand-
strand ihrer Fatamorgana bis in diesen Ort, der meiner Hei-

mat gleichen sollte, von allem verlassen, was niet- und nagel-
fest war. Und vertrieben und verjagt und verabscheut, ziellos
umherirrend, so Vincent Price in „Satans Bestie", GB 1959.
Lassie war eingesaugt von einer gefräßigen Wurst, wie von
einem gigantischen Staubsaugerungeheuer aus der Tiefsee.
Lebendig eingesaugt und lebendig verdaut durch den acht-
armigen Penissexseestern in einer Tiefe von 5000 Metern unter dem Meeresspiegel.
Der Penissexseestern sieht etwa aus wie ein After, das um-
rundet ist von acht langen Penisen, wie bei einem Octopus.
Gegen den Uhrzeigersinn steckt er sich einen nach dem anderen Penis in die Votze, die eigentlich sein Maul ist, zieht
ihn wieder raus und wiederholt das mit dem nächsten Penis.
Er tut dies ohne Pause rund um die Uhr, denn nur auf diese
Weise ernährt er sich von Plankton, Fischen und ins Wasser
gefallenen Hunden, und was sonst noch in Reichweite seiner
Fangarmpenisse kommt und er sich einverleiben kann. Auf
diese Weise wird er etwa einen halben bis etwa 40 Meter im
Durchmesser groß, je nach Alter. Es ist sein Schicksal und seine Bestimmung, das zu sein, was er war und frißt und frißt.

Lassie 2. (Frißt und frißt und frißt und frißt und frißt und...)
Eine Dampfwalze fährt über den jaulenden Hund.
Wieder und immer wieder.
Er bellt. Sein Fell ist nichts wert. Sagt Stanley Kubrick.
Platt ist er. Unrein. Seit Tausenden von Jahren in unserer so-
genannten Hochkultur. Faschistischer Nigger. Gibt es denn
so etwas? Die sagen, Hunde sind unrein. Ob´s stimmt?
Nur um mich zu kränken, mich auszugrenzen (...) wurde ich
als faschistischer Nigger bezeichnet von einem Mitglied des
Betriebsrats der Talerbrigade, ein Säufer und Kiffer namens
A. D. Beschlossen vom Betriebsrat der Talerbrigade.
Sie leugnen die Leugnung. Alle leugnen alles.

Die Leugner bejahen die Leugnung des Holocausts und verneinen vehement die Bejahung aus „sozialen" Gründen.

Dort unten im Dorf! Da sind die Gescheiten. Scheiterhaufen!

Dort, wo es ist! Das Aas. Look! Looky Look! Da liegt das Aas!

Immer wieder und wieder noch da! Mach Looky Looky!

Da! Hör mir gut zu! Ich steh vor deiner Tür! Ich bin gleich da! Schau!

Da sind sie!

So wie alle anderen verlorenen Dinge dieser Welt.

Ausgespült vom Trank der Götter, ihrer Pisse, die sie, wenn ihr Bedürfnis da ist, abschlagen, um sich zu erleichtern. Zerschmettert durch die Flut. Das Manna, das verdorben barst.

In Trugbilder zersplittert und mit Füßen getreten.

Oder doch nur Pseudo-Nektar, mißachtet, weil in die Tonne gekotzt. I don't know. Ausgespült vom Trank der Götter! Schau!

Hier ist er! Hier ist es!

Tod mit 19. Ich glaube, Norbert hatte am 23. Mai Geburtstag. Norbert Breit sind diese Zeilen gewidmet, der sich am 23. März 1985, in einem Wald erhängte. Wann er geboren wurde, weiß niemand mehr. Aber seine Mörder aus der Talerbrigade wußten, daß er geboren worden war. Als bekannt wurde, daß er sich erhängt hatte, verspotteten sie ihn, den Leichnam Jesu Christi, und lachten über ihn. Damals, im Frühling.

Euer Tod aber, die ihr Euch über ihn lustig gemacht habt, ist ein Geschenk für euch, dessen ihr nicht mehr würdig seid. Nach allem, was ihr versäumt und begangen habt an Nachlässigkeiten, vorsätzlicher Verunreinigung und fahrlässiger Tötung, solltet ihr ewig leben müssen!

Lest seine letzten Worte! Ich nahm meinen Job in der Talerbrigade sehr ernst. Verantwortung. Nachts allein. Trapperfieber, ohne unterstützende Hilfsmaßnahmen.

Die Alptraumnacht mit Horrorfimszenen. Abgeschnittener Schädel auf Tablett in Mikrowelle, der bei jeder Umdrehung verkohlter aussieht. Die Kamera steuert langsam auf ihn zu. Surrealer Alptraum. Es quasseln tausend Stimmen aus der Vergangenheit und Kindheit von Verspottung, Mißbrauch, Nötigung durch Schwester Ratched und ihre Komplizen, Vergewaltigung und Mord und Mord. Stimmen irgendwo im Kopf, die erzählen und ewig reden ohne Unterlaß. Ich hab's hinter mir. Ich habe es mir verdient, weil ich so komisch gewesen sein soll, sagten sie. Ich war halt nun mal so, wie ich war, sagten sie und dachten gar nicht lange darüber nach, daß ich so war, weil sie mich so gemacht haben, wie ich war und sie mich eigentlich, insgeheim ja alle so haben wollten, damit sie einen Trottel als Blitzableiter in ihrem selbstgerechten, konstruierten und zusammengebastelten, Familienidyll hatten, das sie selber abschottete und schützen sollte vor ihrer feigen Furcht vor Hundezucht und der Schlechtigkeit der Welt. Und jeder sagte, daß er von mir nichts wußte, daß niemand über mich redete oder sprach oder dachte.

Ihr, die euer Leben noch vor euch habt! Über euch soll keiner niemals reden, weil es euch nicht geben wird!

Freut euch! Euch hat es nie gegeben!

Ha! Ha! Mal mehr. Mal weniger.

Auf eueren Tod!

Kinder waren einer ihrer Umwege in die Bedeutungslosigkeit. Und sie hatten Recht. Den Irrsinn, geboren zu werden, sollte man sich leisten können, sonst bringt es nur Kummer. Noch nie starben so viele Menschen wie heute. Früher, vor ca. 5000 Jahren, gab es etwa 30-60 Millionen Menschen. Und dann ging es so, mal mehr, mal weniger, nach den Römern, weiter durch das Mittelalter, Richtung Zukunft, Renessaince, Zerstörungen durch das Barockzeitalter, 30jähriger Krieg, Rokoko, Zeitalter der Vernunft, Empirismus und dann: Rationalismus. Beginn des Crashs durch Sendepause.

Später: Bevölkerungsexplosion, die den Untergang der Spezies Mensch begleitet, aus Sicht der Biologie, ohne Humanitas. Erlösung, nah zwischen Nichts und Unendlichkeit.

Tu es! Was auch immer... , oder nicht?

Tu es (lat.: ...)

Ich wurde verrückt. Aber von wem? Und warum?

Tu es! (Sohn Gottes...)

Ich war immer so gern bei dir, weil ich es zuhause bei meinen Eltern nicht ausgehalten habe! Sie enthielten sich ihrer Zuneigung und ließen mich alleine stehen und gingen fort...

Ich habe mehr Respekt vor einem schlechten Schlagersänger, als vor einem bayreuthisch-nibelungentreuen oder hohen, hohlenlohen Fachidioten-Dirigenten, der „Turandot" oder „Tosca" zusammenfuchtelt und einem Schaumbad Respekt zollt, das auch bei großer Hitze nicht platzt. Du, von ungleicher Liebe entstellt, bist im Sog des Zentrums der Welt!

Vom Unglück zerhackte Föten einer Maus. Die festgenagelte Katze, ohne Fell mit abgezogener Haut, voll von Schneckenschleim überzogen, faucht und zittert, nachdem sie nach dem Eintauchen der Kamera in die Mundhöhle des abgeschnittenen Kopfes in der Mikrowelle, im Verlies in einem Regal ihrem Peiniger und Retter gegenüber sitzt in meinen Träumen.

Nachts. Angst vor dem Feind. Der Haß gegen die Angreifer in der Grünanlage am Stadtrand frühmorgens. Astronomisch. Nautiker. Bürgerliche Dämmerung. Sie kommen näher.

Werfen mit Steinen auf mich. Ich sehe den Kiem-Pauli an Bord von Apollo 61. Erste Exkursion im Krater Descartes im Mare Imbrium. Dort spielt ein kleiner Toter Klavier (Clavius). Die festgenagelte Katze faucht. Sie hat Angst vor dem lateinischen, vorwärts, rückwärts, zu schnell, zu langsam stotternden Gebrabbel der kleinen Männchen in meinem Gehirn, das sie nicht versteht und fühlt sich bedroht, nachdem man ihr das Fell und die Haut abgezogen hat am lebendigen Leib.

Frau Schmidt, „unsere" damalige Nachbarin, hat das getan.

Sie zittert an ihren Kiemen. Und lallende Kinder fallen in das verdreckte, alte, halb zersplitterte Porzellanplumpsklo aus der Weimarer Republik in einen unterirdischen Schacht am Ende einer Treppe. Große Boiler brummen leise vor sich hin.

Fernsehen, Waschen, ein Kabinett aus Eichenholz im Keller in der Bel-Etage des Gesindes des Heinrich von Richthofen.

Große Boiler. Sie hängen am Firmament über dem Ozean und haben ein Fassungsvermögen, wie ein Flugzeugträger.

Nun hängen sie unter dem glasklaren, hellblau leuchtenden Himmel am Ende der Dämmerung bis weithin zum Horizont über das ganze Firmament hingestreut in Kristallformation in mathematisch präzisem Abstand zueinander und glänzen blendend weiß wie frisch geputzte Schneidezähne.

Bei seinem Aufenthalt in Oberbayern kaufte sich Bob Marley ein Alphorn als Dopepfeifchen und Mitbringsel für seine bucklige Verwandtschaft in Jamaika. Die, diesbezüglich unwissenden, Bayern aber haben das Horn nur zum Musizieren verbraucht. „Schön blöd ist auch schön"; (Stefan Schittler).

Im Moment des Sterbens, die echte Extase durch das Trapperfieber. Dann Tiefsee, das Ende. Die Erlösung. Der große Tod.

Über mich halbgebildetem Trottel, über den sowieso keiner redet, nicht mal seine Neffen, seine Mutter, Vater, etcetera, sonstige bucklige Verwandschaft und Anhang mit Ungeziefer, Gebrüdern, Geschwerl, Gesox, Gemüse, Gebirge, Gezwirge (die sieben Zwerge, ergo, das Siebengezwirge), werden diese hier Genannten ebenso lachen, wie über einen Unfall bei meinem Tod, den sie sich für sich selbst verdienten.

Arthur Rimbaud (1854-1891). Lebt am Ende der bewohnbaren Welt. Die sogenannte „Begeisterung" Delbert Gradys in „The

Shining" von Stanley Kubrick, für Kultur, Musik als universelle Sprache ist erloschen. Globalisierung, Industrialisierung, Normierung und Kontrolle zerstören den Kontakt des Menschen zu seiner Natur und zu seinem Stamm.

Innerhalb kürzester Zeit vernichtet sich die Menschheit selbst. Eine kontinuierliche Entwicklung, die in die Zeitalter der Aufklärung, Empirismus, der Vernunft, etc., mündete mit abschließender Vernichtung. Nichts erweist sich als unvernünftiger als die Vernunft und Vernichtung und Isolation....

„One mad man, six million lose, Dachau Blues" (C.B.)

Ihr, liebe Leser, seid Zeugen des Einsturzes unserer Welt.

Auf dem Mars ereignete sich dasselbe Schicksal vor vielleicht drei oder vier oder fünf Milliarden Jahren. Kosmische, nein humanoide, Bedeutungslosigkeit und MainstreamParodie.

Blutende, goldene Laufmasche nachtschwarzer Stümper, bei denen die Messe letztendlich gelesen wird am Herd. Durch einen tragischen Zufall durch den Ausguß im Heizungskeller verrinnt in der Spalte das Opfer im Abfluß. Es schimmelt nun mehr in der Sahara und wartet darauf, von euch, vom alten Schaub und seinen skrupellosen Komplizen, gefunden zu werden. Denn dort wird von ihnen Geld statt Sand gescheffelt in Saus und Braus. Das kann vorkommen im Mastdarm.

Die erste Nacht der Leber. Die Gebrüder waren am Nabel zusammengewachsen und zeugten einen Hoffnungsträger und einen Hosenträger, der keinen einzigen Arm mehr hatte. Wie schnell liegen Not, Elend, Hosen und Hoffnung nah nebeneinander?

Sakrosankt und Sagrotan von Schloßherren und inkontinationalen Tänzerinnen aus der Eiszeit. Ihre abgeplatteten Backenzähne und ihre zerfurchten und mehrfach gebrochenen Arm- und Beckenknochen zeugen von ihrem Horror und dem Horror, der der Horror des alten Schaub sein wird, denn getan war es schon damals.

„Was weißt Du (!) denn schon von ihnen?", fragten mich ab und zu welche aus der buckligen Verwandschaft, die aber nicht lange oder überhaupt nicht warteten auf meine Antwort. So drehten sie sich weg von mir, als ich anhub ihnen zu antworten. Und mein Reden verhallte irgendwo im Nichts.

Die Brüder, die Gebrüder, die Geschwister, die runzlige, lechzende, verbohrte, verbitterte, geifernde Hure des alten, senilen Schaub, sein Gesindel, die Geschwulst des Gebirges, das Geschlecht der Würmer unter dem Stein im Wald. Dreht man ihn aus Versehen um, sieht man das Gewusel von Käfern, Würmern, Tausendfüsslern, abgelegten Eiern, die sich alle wälzen in Panik auf der Suche weg vom Licht hin zur sicheren Finsternis. Die Finsternis in der Mikrowelle, in der der verkohlte alte Kopf liegt und sein Maul aufreißt, spastisch durch die Hitze. Der abgerissene Balken als verjüngte Existenzberechtigung des Sanitärstrangs. Eine Fatamorgana vertauschte Baustellen in Buchstaben. In Mikrophagen steckender Pfosten, geschnitzt aus den Keulen der Rehe und Richter.

Verengung der Segmente im Mittelwertsatz.

Epsilon wird Alpha abgeleitet, n-mal.

Die erste Nacht der Leber frißt sich einen Narren am alten Schnee im Frühling. Seitdem braucht sich keiner mehr Vorwürfe zu machen. Im Schritt verliert Helmut sein Elternherz und bekommt dafür einen Blumenkohl aus Beton. Alle sagen: Tartüffs Intrigen wuchern, herangezüchtet, zu einem Gewurl an seinem Hodensack. Geschieht im recht, dem alten Säufer! Aber leider bemerkt Spud beim Start, daß ein Propeller fehlt.

Ein paar Jahre noch. Dann kann er der Leitende sein auf einem Riesenpott, ein Schlachtschiff, so hoch wie die „Bismarck" die als erstes Schiff ein Wasserstoffatom durchquert.

Lustige Vögel kommen nun gern herbei, flattern und plappern, und nehmen mit allerlei mit ihrer Affenliebe.

Percy Stuart und Sledge, dominiert durch Selbstaufgabe.

In 3000 Meter Meerestiefe haust der Pornoseestern. Mit seinen acht penisartigen Fangarmen, die er sich permanent mit Plankton benetzt, in die vulvaartige Mundöffnung schiebt, und gierig auslutscht, weil er nie genug kriegt und nur eines will. Fressen und wachsen, fressen und wachsen, fressen und wachsen, fressen und wachsen.

Seit 500 Millionen Jahren ist er perfekt angepasst. Besser als die Amöben und ihr in die evolutionäre Sackgasse geratener Ersatz. Solange er frißt und fickt und wächst und fickt und frißt und wächst und frißt und fickt, wird er weiter existieren. Jahrhunderte lang. Vielleicht Jahrmillionen lang.

Solange bis die versteinerten Völker und Volker dieser Erde, die unzähligen Formen humanoider Existenz versteinert und schon wieder im Erdmantel eingeschmolzen sind. Angetrieben vom stoischen Motor der Kontinentaldrift.

Einzig eine Supernova, wenn die Sonne längst erloschen ist im Zeitalter des Protoriums, kann er ein für alle mal gestoppt werden, so daß er endlich stirbt und zähneknirschend anfangen muß nach Scheise zu stinga wia a Hoiei.

„Er ist dann tot und stingt nach Schai-Ze!", (Uhu; sagenumwobener Hindupriester, etwa 7050 v. Chr., Begründer des „Shai-Ze-Yoga"). Sein Haus stand seit 300 Jahren in einem oberbayrischen Nest.

So überlieferten es die Kaffer von dort, die aus einer doppelten Eizelle zusammengewachsen waren und Köche, die die Geschichte des 15jährigen „Mayflower"-mädchens erzählten. Das Mädchen, das Mohnblumen pflückte, sie in ihren Schoß legte, und dann unter den Blicken der Beobachter verprügelt wurde im Dickicht. Die gepflückten Blumen in ihrem Schoß.

In ihrem Schoß aber wuchsen die kleinen blauen Käsegesichter heran. Und sie starb Jahre nach ihren Ahnen. Der Flug des Bussards war unüberschaubar bis zu diesem Zeitpunkt.

Durch bestimmte Bewegungen kann er ein Schimmern erzeugen, das ihnen nur eines beweißt: Nur eine Aufgabe haben sie, nämlich Spocks Gehirn zu erhalten.

Der Mann mit dem Koffer.

Der Mann ohne Namen.

Ein Mann, den es nicht gibt.

Ein toter Mann, den es niemals gab, für niemanden.

Ein Mann, allein auf der Flucht. Er stirbt.

Der Mann, der nicht konnte, durfte, wollte, nicht mehr wollte. Weil noch niemand weiß, wo Afrika liegt, wo man sich verständlicherweise, ununterbrochen, eigentlich verbotenerweise ständig und wieder und immer wieder ...

Folter.

Noch nie wurden soviele Menschen gefoltert wie heute. Folter gabs ja schon immer und viele haben sich anscheinend daran gewöhnt. Es ist nicht gut, aber es ist halt nun mal so, denken und sagen Außenstehende, denen nichts passiert bisher.

Aber die Gefolterten aller Zeiten und aller Länder sagen etwas völlig anderes. Und das werden wir nie verstehen können. Nämlich, weil wir zwar nicht wollen, aber nie verstehen müssen. Und was reimt sich auf Müssen?

Füssen. Also, morgen fahren wir nach Füssen! This is „One for Karl". Er hätte es verstanden ...

Zehn Finger, 20 Zähne, 2 Augen, Kniegelenke, Haut, 2 Ohren, ein Mund, Ellenbogen, etc., Körperteile, die ausreißen.

Die, zu Unrecht, verhaßten Kolchosebauern mit Keuchhusten hören deshalb auf zu gehen und haben Quecksilber in ihrer Blutbahn und resignieren.

Der Vater, ein Kulake, warnt vor einer Brandstiftung.

Tonnengewichte ruhen auf Hüftgelenken. Entbeinung unter der Last der Erdrückung. Am Freitag quälen sie sich zur Erholung in das Wochenende oder was davon übrig blieb.

Oder Donnerstags. Der Tag, an dem ihnen die Luft ausging.

Endlich, wegen dem Sendeplatz für die stadtbekannte Charakterdrecksau und den Triebverbrechern aus Wuppertal und dem Gemüseregal. Ihre aufgereihten Gebeine sind für uns übrig geblieben und werden jetzt als Fetisch verehrt oder benutzt, mißbraucht und zum alten Eisen geworfen.

Verbrechen aus Faulheit, Renten- und Verkehrspolitik.

Verbrechen aus Haß, Verachtung, Anmaßung und Erfurt.

Christo hat verpackt, was er verschicken wollte. Er verpackt die Sonne, die Luft und sich selbst und das Nichts.

Der Reichstag. Dachau. Bayreuth. Und Briefmarke drauf.

Aber an wen versenden? Er, der als Trottel Verlachte, soll doch schließlich Schuld sein am Opfer aller Art. Wird aus Versehen behauptet von des Weppenstolfs Schnartelgülle.

Die ganze Zeit tun Menschen Dinge, die nicht funktionieren und doch tun sie diese Dinge. Kein Platz zum organisieren, geschweige denn in Oberhausen. Menschen werden Abfall.

Und auf dem Planeten Neptun wurden sie geboren, wie Abfall, entledigen sich ihres nutzlosen Egos und der Mitbürger.

Wolfenschnalle. Sie sucht Unterschlupf und frißt weiter.

Ein 14jähriger Gymnasiast baut ohne Wissen seiner Eltern ein Gewehr mit Schalldämpfer, erschießt mehrere Mitschüler unerkannt, nach und nach, und dann seine Schwester. Er tötet über zwei Jahre hinweg und wird lebend festgenommen. Er kommt in ein Jugendheim, gesteht frei heraus alle seine Taten, liest MickyMausHefte, hat Riesenappetitt, frißt wie ein Scheunendrescher und schläft wie ein Bär. Wie kann man in einer Telefonzelle ertrinken, wenn 400 Millionen Mohammedaner träumen. Je mehr Erkenntnis wir von dieser Welt erlangen, desto mehr entfernt sie sich von uns. Er, der Versagte, kehrt zurück, schießt in sein eigenes Klo, steigt ein und verabschiedet sich von den Anderen, von ihm Getöteten.

Willard, ein überschätzter Rattenhorrorfilm, 1972 n.Chr.

Ich konnte es nicht mit ansehen, wie Ratten einen Menschen auffressen! Und sein Konjunktiv, einst ein seltener Seeelefant, war in der Tundra, wo jetzt alle liegen, einst ausgestorben.

Der Ionenraum. Die unendlich dimensionierte Wirklichkeit.

Infinitesimale Funktionen Veränderlicher, von denen man zwar weiß aber auch nichts wissen will, in der Menge, derer, die nichts wissen und nichts wissen wollen.

Eine Welt, die es nicht gibt, schulfrei ausgelöscht in Sekunden in Operationssälen, in komplexen Abbildungen. Menschen, die es nicht gibt, die man nicht kennt, von denen man nichts weiß, nichts wissen will, weil man selber nichts weiß oder nicht weiß, was Wissen eigentlich sein soll. Selbst, wenn man wüßte, was Wissen ist oder sein könnte, würde man nicht wissen wollen, weil man davon krank wird.

Ausgegrenzte Menschen, von ihren Verwandten, Freunden, Bekannten. Freunde, die keine waren, sondern mich bestohlen haben, mich verarschten, sich über mich lustig machten, mobbten, diffamierten, verleumdeten und bedrohten.

In einen Personenaufzug werden 8 Dicke reingequetscht, sie atmen und ringen nach Luft. Der Aufzug bleibt stecken. Das Licht geht aus. Die Dicken sind in Panik und eingequetscht.

Für sie gibt es keine Rettung mehr. Nun turnen sie. Sie kriegen jetzt keine Luft mehr und ersticken. Der Personenaufzug fällt runter in den Keller. Lungen platzen, Augen quellen.

Der Schnee auf dem Fahrradständer, frühmorgens im Winter, als es noch finster ist. Fahrkarte für die Straßenbahn? Weg!

Kommt der Kontroleur? Die Rolltreppe durch den unausgebauten Schacht nach unten. Geld fällt auf den Boden. Weg!

Die Tasten des Handys sind zu klein. Nummern, vergessen in der Landshuterallee, im Jahre 1957 oder 1963, als der Oberschienenbus noch fuhr vom Weißen Leberkäs über das Senfgebirge bis zum Ratzinger Platz ganz unten am Boden der Metzgerei. Für Worte ist dort kein Platz mehr.

Wissen schreitet voran mit Füßen, die einem nicht gehören.

Wissen schreitet fort im Glauben an das Unermeßliche. Das

Vorurteil gefällt angesichts des Wissens über den Firlefanz der Spiralnebulae und der Supernovae, der Gelenksarthrosen und verblaßt im Fortschritt der Zeit zwischen Nichts, Ewigkeit und Selbstvernichtung, ausgelöst durch euch Sünder.

Meditation heißt allein sein mit sich selbst. Es gibt das Ich und das All, oder besser das Du, oder noch besser: die Umgebung des Ichs. Kühe und Schweine werden von der Gravitation eingesaugt, eingesaut und geplündert bis auf die Haut.

Im Winter frühmorgens bevor die Läden noch im Dunkeln öffnen. Neonlicht am Anfang des kalten Tages. Die Fahrkarte war nicht abzustempeln. Die Fahrkarte zu dick. Zu dünn die Finger. Dann wieder das Sparkassenhochhaus vor dem Wienerwald hinter der Grünanlage mit den Bäumchen und den Fahrradwegen und den Fußgängerwegen im Flashback, etwa 1973 bis 1981 im Haare des Herrn des lsd nach Jesus Christus, dem Magier des NEO-Vorstarenreed, einer Gemeinde.

Da und dort, ab und dann wird schon noch mal als Colateralschaden, ganz ohne Absicht, aber unbewußt ein Nigger oder Persianer zertreten. Aber nur, weil der halt nicht aufgepasst hat und keiner die Notbremse bediente in Vorstarenreed.

In den Verstärkern verfingen sich die Spinnweben des kleinen Stückchens Dope, das noch unter den Hausaufgabenheftchen unentdeckt von Mutter und Staubsauger verweilte.

Da war die Schublade, die ihr Maul öffnete, Hallelujah schrie, vor Begeisterung, und einen Panzerwagen bestieg, während unten im Wohnzimmer Wim Thoelke moderierte und ....

Lebendige verbrennen durften, weil es das war, was sie sich zur „Heiligen Kommunion" wünschten, außer einem halben Hähnchen mit Kartoffelsalat.

Genau so wie Schaubs bucklige Verwandschaft es wollte.

David Bowie, Alice Cooper, Roxy Music, allesamt sind Operettenschwuchteln. Das ist keine Rockmusik, sondern Operette. Neil Young, Joni Mitchell, Bob Dylan sülzende Hängearschheulsusen, die nichts zu sagen wissen, außer, daß sie Geld brauchen. AC/DC. Kein Wunder, daß ihr Guitarist kurze Hosen und eine Schuluniform trägt. Er muß noch viel lernen, nachsitzen, muß auch schon verdammt oft durchgefallen sein, wenn er immer zum Büffeln zur Schule gehen muß. Ich glaube, er ist ein hoffnungsloser Fall. Er wird es nie lernen.

Büffeln muß er, weil er es bis heute nix verstanden hat, obwohl er schon alt ist und seit Jahren sein Klassenziel nicht erreicht. Doch ihr Pissen freitet short. Der Thunfisch tötet ihn.

Der Mantschheit engstes Ziel ist Pacht und Schlaganfall.

Das Schissen von der Dreifach.

Plötzlich und unerwartet kommt es zu den Katastrophen, die die Welt bedeuten. Jeder stirbt, dreht durch, tötet wahllos.

Ganz unten im Meer und weit oben in der Luft.

Das Schlimmste ist, wenn man nicht die alle töten kann, die man ursprünglich töten wollte. Aber immerhin! Vielleicht hat man doch den einen oder anderen mitgenommen in den Tod. Denn es gibt nichts Humaneres, als Menschen zu töten. Denn Menschen sind geboren und getötet von Menschen.

Das Lied „Ein Tag, so wunderschön, wie heute" stammt aus der Feder eines Insassen eines Nazi-Konzentrationslagers.

Geschrieben hat er dieses Lied, als er wußte, daß er in einer Stunde vergast und getötet werden würde. Sein Lied wurde ein Riesenerfolg nach seinem grausamen Tod. 1945 n.Chr.

Und die B-Seite seiner Hitsingle war: „Ein Prosit der Gemütlichkeit". Ein Appell an: Et; Wa ...; z. ..

Getötet von einem Thunfisch. Von einem Tunfisch im Saft.

Von einem Tunfisch im eigenen Saft. Punkt.

Als einzelner Mensch ohne Verwandte, Kinder, Freunde oder Bekannte ist man ausgeschlossen aus der hominiden Solidargemeinschaft und blickt, als wäre man ein Astronaut auf dem Mond, ganz allein und als einziger Mensch, den es in dieser Welt gibt, hinab auf die unerreichbar weit entrückte Erde. Ein atemberaubendes Panorama, eine Offenbarung vielleicht ...?

Rote Linie 7000.
CarCrash. 345 km/h. Abbremsen unmöglich, impossible.
Von beiden Seiten Gegenverkehr. Effektiv 690km/h, 2 mal 1.
Reingedonnert in den zum Tode Verunfallten. Er ist halbiert.
Ausgerissene Arme. Verkohlter Oberleib. Brennende Körper-
reste. Doch sie leben noch! Am Rand zwischen Unendlichkeit
und Nothingness. Have you seen it? Viele Züge im Tunnel
unter dem Berg. Mit fast 400 Sachen rasen zwei, durch Wei-
chenfehlstellung, aufeinander zu. Gehackte IT und KI frontal
aufeinander. Wanderer, die in ihren Ferien im Mittelgebirge
zu ihrer Erholung durch das Frontal wandern, finden Jahrmillionen später die versteinerten Waggons als komprimier-
tes Metallknäul, vulgo Artefakt, und husten heftig.
Der Waffenschisstler schmiedet von vorne. Aufprall 800 km/h
objektiv oder Netto. Es schmelzen Zellophan und Plastik, Pol-
ster und Konserven, Metalle und Menschen, Süßspeisen aller
Art. Und es wird warm. Die Apocalypse eingekeilt in Offenbarung, Erleuchtung, Klimakatastrophe und Stromschlag.
Doch das Bauchgefühl ist enttäuscht, wendet sich ab (Black
Sabbath: „You won't listen!", Zitat aus „After Forever"). Der
Schassenwifftler schlug den Aufprall. Doch die Passagiere be-
greifen keine Zeit mehr. Kein ist Null, mitten in Offenbach.
(Tangerine Dream: „The Collision of Oma's Cola" auf der LP
„Alpha Centauri"). Die Fron fließt durch ihr Tal.
Aus Leben wird Erde. Aus Erde Energie. Und Energie ver-
lischt. Entropie. 12 Umdrehungen in Lichtgeschwindigkeit.
Winston Churchill hat einmal in „Bravo" behauptet: „Sozial-
ismus ist die Philosophie des Versagens, das Credo der Ignoranz und das Glaubensbekenntnis des Neides!" Ob er das auf
seine alten Tage wirklich so gemeint hat? Er war ja schon sehr
alt und hat verdammt viel mitgemacht.

Winston Churchill, der Poltikiller, irrte auf der Basis der Imkompetenz seiners Überdenkens. Dort weiter westlich in den Sierras, als er auf die Donnergruppe stieß. Jetzt als Charakterdrecksau nagt er an der größten Enttäuschung seines Lebens. Obligatorisch gesagt: Er kann doch nichts dafür. Er war ohne Schuld. Verzeiht ihm! Nun ruht er im Empire Of The Sun.

But:

„Have you seen it?" (Hapshash & The Coloured Coat; Feat.)

„Night of the Hunter", ein wunderbarer, aber düsterer, Film von Charles Laughton, etwa 1944 gedreht, mit einem grandiosen Robert Mitchum in der Hauptrolle.

Das bigotte Frömmlerische verfällt hier dem fanatischen Verlangen nach Rachsucht, Lynchjustiz, Rassismus und Chauvinismus einer tierischen, abgründigen Bestialität einer irregeleiteten Masse ohne Ego. Der Mob verselbstständigt sich zu einer unaufhaltbaren Macht, die alles bricht, zerbricht. Ich habe keine Vorurteile gegen Spanier, aber die, die ich kennenlernte, mit denen ich zu tun hatte, waren nicht gut.

Der Hund fraß die Katze. Die Katze, als Tier des Satans und des Unglücks verbrämt, verglumpfimpft von pfiffigen, rassereinen Herrenpfeifern, denen alles wurscht war, was sie aßen in ihrem Kompetenzgeborgenheitstran. Die Pfiffigen lassen, die sich selbst Schuldenden, mühelos verhungern, am langen Arm verhungern, nachdem man ihnen den kleinen Finger hinstreckte und die Verhungernden verzweifelt und verdreifelt vergeblich nach der ganzen Hand ins Leere griffen, und legen Eier, die die Welt bedeuteln.

In einer Pfütze legen sie ihr Ei in Knappertsbuschs Pest.

Und auf Nimmerwiedersehen verabschieden sie sich von dir.

Und scheissen auf Kaviar, Hummer, Kinderschänder, Birken und Flechten weiter nördlich, wo die Tundra endet. Und warum, zum Kuckuck, muß man aus einem Schweinsbraten Käsekuchen herstellen, ihr verfickten Barschköche?

Plovdiv tut mir auch leid, denn es ist eine heruntergefallene Stadt gewesen. Damals in versteinerter Zeit. Friß! Oder stirb! Essen ist Meditation und Mampf. Indisch. Deutsch. Chinesisch. Italienisch. Pizza. Lasagne. Schweinebraten. Hackbraten mit Blumenkohl. Fleischpflanzerl. Sauerbraten. Mein Lieblingstier Brathähnchen. Kartoffelsalat, Kartoffelknödel auch Lieblingstiere. Kartoffelpüree und Saucen fast aller Art. Viele Traktate über die artgerechte Haltung von Schweinshaxen.

Ein salomonisches oder Salamiurteil über die, die ihre sind.

Reis: Bald gibt es nur noch Reis im großen, weiten Weltall.

Käse: Jemanden tot lachen mit Hilfe einer global insistierten Justizvernichtungsmaschinerie. Pasta: Ein Fanal der Ignoranz inkontinentaler Laiengerechtlichkeitler, Laiengerechtigkeitskiller. Fleisch: Ein Zuckerersatzstoff, der aus Schweinefleisch hergestellt wird. Essen, zubereitet aus spirituellen Gründen.

Selbst in der ausschließlich kapitalistisch orientierten Fließbandsystemgastronomie macht man sich Gedanken, wie der Magen des Kunden die Seele des Kunden dirigiert.

Ich bin religiös. Ich weiß nichts von Gott und Zeit.

Ich bin tierlieb. Ich esse Menschen. Ich esse Menschen gerne.

Meine Lieblingstiere heißen Schweinebraten, Kalbskotelett, Grillhähnchen, Fischstäbchen und vegane Bulette aus Kokain.

Das ist kein Schleckerzucken, Schluckerzecken, Zeckerschlucken oder Zuckerschlecken, sondern ein knallhartes Verdauen, Bedauern und Verdauern, das andauert seit Anbeginn des Endes der Welt, denn Menschen schmecken mir gut.

Verschluckt von Zecken verdauern wir in den Gaskammern der Pflegeindustrie und Pharmamafia. Kein Wunder, daß wir eine so hohe Lebenserwartung haben, wenn wir die letzten vierzig, zehn, zwanzig Jahre unseres Lebens in unserer eigenen Scheiße liegen gelassen werden, bis durch die vereiterten Druckstellen die bakterielle Infizierung ihren Lauf nimmt und diese winzig kleinen Tierchen, Amöben und Kleinstlebewesen uns schön langsam dahin gerafft haben.

Soviel zu Tierliebe, die nicht mehr aufzuhalten ist, Teil 2.

Bis zum 100. Geburtstag ausgesaugt von Geld, Gütern, Kapital, um Kriege, Bettler, Flüchtlinge ebenso zu vernichten, zu verarbeiten und die Kaffer mit ihren Stielwarzen am Geschlecht, um daraus Erträge zu generieren, die nur einem zugute kommen, nämlich dem, der konzipiert.

Eine Monströsität, eine Auswachsung, die sie vor sich hertragen, wie eine Monstranz heiliger, eingemauerter Päpste.

Der Unterschied zwischen Mensch und Futter, hergestellt aus des einst zufällig erschlagenen Schaubs ungenießbarer Überreste. Der Mensch als Nutztier ist satt. Den Schädel hat ihm einer eingeschlagen. Das Futter ist auch satt.

Es wird nicht verspeist, weil allen kotzübel wird und der Eimer für die Kotze auf dem Gabentisch übervollst.

Nach dem Abi gehe ich wahrscheinlich zur Bundeswehr, um es hinter mich zu bringen und kann mir dann immer noch überlegen, ob ich die Beamtenlaufbahn einschlage oder studiere, sagen viele. Schlag sie ein!

120 Liter Säcke, in denen unvergessen die Reste von Albrecht Dürer ruhen und sein Müll.

Denn sein blaßes Mädchen glaubt sterben zu müssen, wenn das letzte Blatt des Efeus vor ihrem Fenster gefallen ist.

Siegfried, iß Kartoffeln! S. I. K! Ass. Ei. Bucht.

Siegfried aß Kartoffeln! S. A. K! Ass. A. Bay.

Vorvorgestern mal tausend. Musik, eine universale Sprache.

A big step. Der Klang der Töne der Vorgeschichte.

Die verstümmelten, lebendig eingemauerten Päpste.

Oh, Baby! (913-917 n.Chr.)

Paperplane!

Die gedämpfte Trompete, die noch der göttliche Roy Eldridge benötigte, um solch wundersame, samtige Tonberge zu tuten und zu blasen, mitten hinein in die Seele. Er war schon kein

Mensch mehr, sondern eine schon duftende Blume.

Fort war er aus dem Schlamm, der bis in die Sterne ragte, wo er anfing zu träumen von ihr.

Er war kein Weichei, wimmernd, sondern fraß seine Freßfeinde samt Hörnern, Schwanz, Nase oder raubte ihr Blut.

59. Flashback: Born too late. Aus dem Körper eines Menschen, der krank war, Angst ohne Ende und ohne Hoffnung hatte. Der kranke, gedemütigte, für nichts und wieder nichts bestrafte, hysterische Körper soff und soff weiter, weil er ausgebombt war, seelisch mißbraucht, und dem allen nicht Stand halten konnte im Zweiten Weltkrieg und in der Zeit danach, der aufkeimenden Diktatur durch Schwester Ratched.

1943 an Leib und Seele ausgebombt, hungerte ihr Opfer und rang in Panik um Luft. Im Bunker, und ein Atemzug kostete ein Vermögen, das sich niemand leisten konnte.

Mitten in der Nacht, herausgerissen aus dem Schlaf und vertrieben in einen Sarg aus Beton. Zu Dosenfleisch zusammengequetscht und erhitzt bis zur Denaturierung durch Hitze.

Auf Gedeih und Verderb mitten in der Nacht im Bunker.

Dann:

Ein großer Hund fasste sie an der Hand und ließ sie nicht mehr los. Das Dröhnen der Bomben kehrte zurück, und ließ sich auch durch die Einnahme und das Hinunterschlucken von Unmengen von Boonekamp und Contergan, Captagon und Tavor nicht vertreiben.

Immer wieder wartete ich deshalb auf die großen Ferien.

Wie schade, daß du nicht den Tod deiner Tochter erleben durftest! Wie schade, daß du meinen Tod nicht miterleben durftest! Um zu erleben, wie alles vergeht und sich auflöst in Nichts. Nachts im Sommer. Die warme Luft in den Bäumen.

Und das schöne Hasch in der Schreibtischschublade.

Erst still. Dann das Rauschen der Blätter. Und dann: Humble Pie; Performance-Rockin The Fillmore. Oh, yeah! Dann:

Grand Funk; Live DoLP (In Atlanta, „Mean Mistreater").

Die ausgezehrte DNA, zäh wie Windhundleder.

Die vergessenen oder verdrängten Jahre 1974, 1975, als ihr Sohn sich wegen einer 4 in Latein im Wald erhängte und ihn erst viel später fand, weil niemand an ihn dachte und sie nichts von ihm wußten und nie über ihn redeten und froh waren, daß er endlich weg war. Ob in einem Heim für schwer Erziehbare, wie es Schwester Ratched vehement forderte, oder in einem Sarg als verkohlter, von ihr verbrannter Leichnam, bis zur Unkenntlichkeit entstellt, auf dem ein grauer Stein stand, mit seinem Namen drauf.

Es war heiß.

Wurde kälter.

Und dann kamen die Nebel im Herbst.

Als ich das Haschzigarettchen in meinem Zimmer im ersten Stock rauchte, umhüllte mich ein Mantel der Insichgeborgenheit, ein Kokon, in den ich mich eingesponnen hatte und in dem ich mich so wohl fühlte, weil alles weit, weit weg war, bevor ich mich im Wald erhängte. Alle sagten nun:

Seine Katzen, auf die er nie hörte, weil er sie nicht verstand, sagten immer wieder zu ihm: „Tu es nicht! Hör auf uns!"

Auf euerem versteinerten und von Hunden und Vögeln verschissenen Kerbholz steht geschrieben, was ihr nicht zu glauben und zu wissen und zu pissen wagtet. Bereitet euch vor auf die Sonderangebote, die euch umsonst zufliegen, die nur euch bestimmt sind, um euch zu teilen. Die Schleuse, Trichter deiner Welten, leider aller Art, bedeutet: Verschwendet keinen Gedanken an irgend jemand, sondern schreitet fort in ein vorgegauckeltes Phantasmagoria eines Wohlstands, der ein Unrecht ist. Schwester Ratcheds vergeudetes Denken, gekontert und verkalkt durch dummen Zufall, der weder schlau noch bauernschlau war, sondern ein Irrtum. Ein Defekt.

Ein Irrglaube. Ein Erbfehler.

So wie es ein Irrglaube ist, daß Micky in Gefahr ist.

Oder so wie es ein Irrglaube war, daß der Hexenzauber mit Micky und Goofy nichts ausrichten konnte beim Elend der Hundezucht und der berühmten Schlechtigkeit der Welt.

Und alles, was die gierige Schwester Ratched sagte, war: „Ich will! Ich will! Ich will! Und wenn du das nicht tust, was ich will und es platzen läßt, dann zerre ich dich, wenn es sein muß mit Gewalt, vors Amtsgericht!"

Sie brüllte so laut, daß sich alle fürchteten und daß niemand es wagte ihr zu widersprechen, nicht einmal der alte Schaub.

Mitten in der Nacht telefonierte ich mit einem alten Schulfreund. Ich rief ihn an. Er nahm den Hörer ab. Ein ganz lieber Schulfreund aus der Zeit Dantes. Er sah Jack Nicholson sehr ähnlich. Jetzt klang er am Telefon etwas heiser und älter, sehr fremdartig aber freundlich, aus einer Welt vor über 50 Jahren. Ich verstand ihn nicht. Er murmelte leise. Dann erinnerte er sich an mich und sagte etwas, das ich nicht verstand. Die Telefonverbindung war sehr schlecht. Es knisterte im Hörer. Es war ein grau-schwarzer Winterabend.

Seine Stimme wurde immer leiser. Irgendwann tutete das Freizeichen und die Verbindung war abgebrochen.

Die Leitung war unterbrochen. Kein Kontakt mehr.

Niemand erinnerte sich.

Weil man sagte, man hätte nichts gewußt.

Mein Geldbeutel, mein Hausschlüssel, alles, war weg.

Die Fahrkarte nicht abgestempelt. Noch mal aussteigen und von vorne. Ich wankte durch Baustellen und wußte nicht mehr, wo ich war. Dann die Rolltreppe runter zur U-Bahn.

Überall tote Fische, glitschiger Boden, Rutschgefahr. Ich mußte über sie drübersteigen, um nicht auf ihnen auszurutschen.

Am Strand lagen tote Rochen. Überall angeschwemmtes Seegras. Ich keuchte nach Hause. Es gab Knödel mit Käse oder Speck. Chinesisches Essen, das so scheußlich war, daß es nicht einmal hungrige Ratten, die aus dem Klo und der Kanalisation gekrochen waren, zu vertilgen bereit waren. Alle Anwesenden, scheinbar Gäste, ich kannte sie nicht, lachten, weil chinesisches Essen ja seit altersher als ungenießbar galt.

Das männliche, honorige Betriebsratsmitglied, an der Festtafel sitzend auf Augenhöhle, der Talerbrigade beobachtete ich bei seiner Nothdurft mit Geschlechtsverkehr und Caretta.

Fett wie ein Mastschwein vor der Schlachtung spreizt der weibliche Krüppel „Josi" in seinem Rollstuhl seine dünnen Gliedmaßen spastisch von sich ab, wie eine zu fette Qualle mit verkümmerten Tentakeln. Wie in einem Krampf. Ein gescheitertes Experiment: Eine häßliche, kränkelnde, blaßhäutige Ausgeburt, die sich auswuchs zum Schmarotzer, der hohe Ansprüche stellt, aber selbst nichts zu bieten hat, außer ihren Schamhaaren auf dem Kopf der Mißgeburt.

Das tut gut. Ich verstehe nun die Sprache der Fliegen. So wie sie einst mein Uropa Ubluk Ublk vor 59.000 Jahren einst erlernte zum Einfangen der Isir-Ausläufer im Staub.

Das tut ja so gut.

Bss wss wsbbsbswbswbswbsw ...

Dein Zebra, das Milch will, ist das Frühstück der Ameise.

Und der Strudel auch. Dieses unscheinbare Geflecht.

Sprache der Fliegen und Menschen. Höre dazu „Stimmung" von Karlheinz Stockhausen (ca. 1967 n. Chr.).

Doch sind die Geisteswissenschaften den Naturwissenschaften unterzuordnen? Formt das menschliche Gehirn die Natur und Welt, deren Teil wir sind? Oder formt die Natur, deren Teil wir sind, uns? Sind wir oder waren wir, werden wir?

Was bedeutet "Welt", a priori, a posteriori?

Der Schrei der schwarzen Wölfe, wegen dem Gas in der alten Kammer. Erinnert ihr euch noch? An die Kammer, unten im Keller! Schlamm lag auf dem Boden und tote Quallen, im Regal lag meine enthäutete Katze. Erinnert ihr euch? Habt ihr sie gesehen? Wie sie schrie vor Schmerz? Weil sie keine Haut und kein Fell mehr hatte? Wie sie fluchte, weil sie es nicht mehr aushalten konnte? Hast du es getan, lieber Leser?

Gitter davor. Betreten verboten! Ihr habt nur geschlafen!

Und geträumt. Von euch. Denn ihr seid es gewesen.

Jetzt kommt ein Toter. Petrus Pausens, der 98 getötet wurde. Der Schock danach. Wo ist er? Was hat er getan?

Die Amputierten. Sie weigern sich aus gutem Grund.

Eine Beziehung eingehen zu einer Magd, einer vermeintlich dummen Frau oder ein Mädchen, wie der Volksmund sagt.

Die Presbyterier haben in ihrem Mund einen gezeugt, der hochgezogen wurde aus Verzweiflung und Wut, nicht tragfähig oder tragbar war. Aber dann war er, und verbrannte.

Anschließend artgerecht zerhackt und zerfleischt von den üblichen, fanatischen Geiferern. Nach Hause getragen und nach Jahrhunderten, wenn es gut ging, verehrt. Er reicht dir nun die Hand zu einem Frieden, den er für sich entschieden hat. Er reicht dir die Hand und führt sie an dein After. Er schnauft. Du zuckst. Er leckt das Blut seiner Opfer.

Er führt.

Er, der Tote, der einfach so daher kam, fand Charlie Chaplin sei eine „Charakterdrecksau". Unerwartet tritt eine alte Dame ans Krankenbett. Deshalb sperren Bud und Timmy Flipper ein. Aber das war nur ein Reklametrick.

Ein Reklametrick. Das Wichtigste ist, daß man einen Todfeind hat, den man töten kann, mitnehmen in den Tod, wenn jede Lebensperspektive für einen selbst verloren und ein Verzeihen unvorstellbar geworden ist. Und man den Willen und die Beharrlichkeit zu einem Amoklauf sein eigen nennen will und kann. Ich kann sagen, daß ich ...

Daß ich jetzt. ... Daß ich jetzt! Daß ich ... Nimm sie mit! Jeder macht, was er will. Keiner weiß, was er tut.

Nimm sie!

Hare Krishna. Hare Rama. Hare Hare. Krishna Krishna. Hare Hare. Ich glaube nicht an Seelenwanderung. Die Seele ist Teil des Körpers, der stirbt. Die Seele stirbt, denn sie ist die Seele eines Menschen. Die Hindus sind gut, gehen nicht den Weg eines weit verbreiteten Kapitalismus und der Auslegung einer verwässerten Vorstellung von Ethik und Recht. Sandy Shaws erste Buchveröffentlichung ihrer Gedichte und Songtexte. 1971, im September. Damals lief sie barfuß im Sommer. Das Geheimnis der Chardonnay-Kapseln in ihrer vermuteten Umlaufbahn. 237 Millionen Jahre dauert eine Umdrehung „unserer" (Ha!Ha!) Heimatgalaxie. Und wir sind wieder da.

„Hier sind wir wieder!", 237 Mio. Jahre später. Endlich! Nach langer Zeit, die nie verging, weil wir sie sehen mit bloßem Auge. Die Knödel! Eine Umdrehung später! In versteinerter Version, dort draußen, weit, weit weg. Was für ein Anblick! Gekippt von Kapseln und einzelnen Schulzeln. Ich.

Mein Interview mit Samuel Beckett, 1985, wegen Buster Keaton, der in seinem Film „Film" eine große Rolle spielte.

Buster Keaton, der „General". Er fährt durch den amerikanischen Bürgerkrieg. Er kommt durch. Wie durch ein Wunder und dann: Fast 100 Jahre später Buster und die Bombe.

Schon wieder. Sie kam und sie kamen zurück nach Hause.

Und Buster? Ein kleiner Fingerdruck. Aber eine große Apokalypse für die Zivilisation, Menschheit, Wirbeltiere, Zwiebeltiere, Amöben, Phagen und dem üblichen organischen Material aller Art. Nur ein kleiner Druck: Ping!

Sam's Druck fing und vergas. Und er vergaß alle. Alle sagen: Deutschland wird Scheiße! Löst sich auf, wird Scheisze.

Bad Amaschleken, ein Luftkurort in Nordengland.

Shei-Ze. Jetzt schlafe ich 12 Stunden pro Tag, um die Zeit, die mir bleiben soll, muß, kann oder wird, herumzukriegen und die Schmerzen zu vergessen, denen ich ausgesetzt war, als ich war. Wenn ich aufwache, fange ich an ununterbrochen zu meditieren und zu schlafen. Shei-see-Yoga. Machen jetzt alle. Menschen agieren viel zu viel. Sie tun too much. Stop!

Ich sage: Stop! Meditate!

Darüber, wen du töten wirst und wie. Die Verderbtheit der Scheißköter und des Parkverbots vor der Feuerwehreinfahrt rauben mir den Verstand. Und die Ekliptik der Schlechtigkeit der Welt und der Hundezucht.

Fahrt zum Teufel! Schön, daß ihr armen Verderbten da wart!

„Ihr wart!" Stimmt das so? Grammatikalisch? Konbrupfzic? Oder sagt man heute anders, als vor 100.000 Jahren? Das Sein und seine Vergangenheit, Zukunft, Zugluft und Verfall. Vernunft hat versagt. Wir brauchen Meta-Sapientia.

Und du, du W. MickyMausLachyogaPseudobuddhist aus der Talerbrigade, du Feigling, Opportunist und Wolfgang, der sich die Welt macht, wie er sie will, der meint einfach alles zu wissen und meint genau zu wissen, was er nicht weiß, mach doch endlich dein Shei-Ze Yoga, du Scheisse-Yogi!

Und friß jeden Morgen ein halbes Pfund Jungfrauenscheisse!

Die, die dir der Arzt oder Ernährungsberater verordnet hat!

Und sie auf dem Keilarsch hinterlassenschaften haben!

Ihr Gebrüder! Ihr Gesindel! Ihr Gesocks! Ihr Gestalten!

Ihr Geschwüre meint, warum und weshalb!

Pfeift es von den Dächern und Deckeln der Holzkisten, die die Welt beinhalteten und bedeuteten und deuteln.

Und unten stehen schon die nächsten Pferde! Er kann, wenn er will. Gib ihm die Sporen! Er will, wenn er muß.

Er kann, wenn er muß. Er muß, weil er soll. Nämlich kotzen. Es wird nichts nützen.

Satans Bestie. Immer wieder steht sie auf! Die Bestie Satans, Schwester Ratched! Sie droht eiskalt. Sie ist ein Jahrtausende altes unantastbares Menetekel aus Stahl. Eine diabolische Maschine ohne Herz und ohne Gehirn. Eine Bestie, die mordet, vergewaltigt, mißbraucht und nicht von dieser menschlichen Welt ist. Dämon, töte sie! Töte ihre Mißgeburten und ihre Familie und ihre Freunde, ihre Handlanger, ihre Gehilfen, die ihr blind gehorchen, abgerichtet wie Tiere im Zoo. Tiere die gezüchtet, nutzen sollen für ihre Zwecke. Klone, die auf ihren Schleimspuren und Tentakeln langsam auf sie zukriechen, um sie lebendig zu verdauen. Um mich zu verwandeln in anorganische Materie. Ich werde wie von einem Pilz assimiliert. Durch die Bestie Satans! Es wird nichts nützen, denn ich bin dem Tode geweiht von Anfang an. Von Anfang an ist es bestimmt, daß ich getötet werde. Ich werde von Schwester Ratched getötet werden. Alles wird haben worden werden.

Ihre stahlharte Öffnung der Kloake der Eigensucht wird mir so entgegenrülpsen, daß ich geheilt die Früchte eines Ackers bestellen werde, der nie aufhört. Sie tötet mich. Bis ich sterbe.

Weltreligion. Sie weiß nicht, was sie will, weil sie alles hat.

Sie umhüllt dich, als wärest du in ihr eingeschweißt. Wie ein Idiot, der aus Versehen seine Frau getötet hat. Jetzt ist er allein und findet sich im Leben nicht mehr zurecht. Getötet hat er und stirbt. Ich bin Christ, aber auch Jude oder Moslem. Religion. Es gibt keine Seelenwanderung. Die Seele ist tot.

In allen Weltreligionen finden sich die Grundlagen der Spiritualität. Verwerfungen und regionale Notwendigkeiten und Besonderheiten sozialer und personaler Ungleichheit sind die Faktoren, die zu gewaltsamen Auseinandersetzungen führen. Es geht jedoch bei diesen Auseinandersetzungen immer nur um Geld und Politik und nicht um Glaubensfragen.

Sterbehilfe / Weltreligion. Auf die lange Bank verdrängt.

Lichtquelle. Kapiert sowieso keiner.

Die Lebenserwartung steigt um 86 %, weil man in der vollstationären Pflege die eingelieferten Kranken und Alten etwa 20 Jahre lang in ihrer eigenen Scheiße herumliegen läßt, bis sie ihren eigenen Willen nicht mehr mitteilen können, nicht mehr lebensfähig sind und bis sie nicht mehr künstlich durch die Pflegemafia und Pharmaindustrie am Leben erhalten werden können. Ethische, psychologisch-humanitäre Fragestellungen werden am Ende ausgeblendet oder verschoben, weil sie als nicht relevant für Finanzierungs- oder Agendaeinstufungen beurteilt werden von, dafür eigentlich verantwortlichen, Politikern und „einflußreichen" Industriellen, die es sich einfach machen und ihre Verantwortung für diese Fragen auf andere abwälzen, die die Suppe ausbaden und dabei in ihr ertrinken. Immer wieder rufen die Sterbenden:

„Ich will nicht mehr!", „Laßt mich endlich sterben!"

„Leben zu müssen" wird hier zu einer irrationalen Forderung einer vagen, undiskutierten Behauptung ohne fundamentaler Begründung aus der „Humanitas", die auf einer religiös und wissenschaftlichen Doktrin fußt. „Leben zu müssen" wird in unserer Gesellschaft behandelt wie eine „Pflicht", eine „Bestrafung" des einzelnen, betroffenen Menschen. Für ein Verbrechen, an dem man nicht schuld ist und das jeder begehen wird. Nämlich das Verbrechen zu sterben. Ich kenne kein Gebot, das fordert: „Du sollst nicht sterben!" Dem Sterbenden wird eine Art abstrakte Verweigerungshaltung einer Volksgemeinschaft gegenüber angelastet. Die umstehenden Beteiligten sind verständnislos, verabreichen durch schlecht ausgebildete Aushilfen Medikamente en masse. Alles, was reingeht in den Sterbenden, Kranken an Medikamentation, damit aus den Ersparnissen der Angehörigen, den privaten Haushalten, Kapital und Geld abgeschöpft wird, das dem Staat und den Konzernen und deren Machenschaften zufließt.

Pharmakonzerne verhindern bewußt Sterbehilfe und torpedieren gezielt Anstrengungen von Interessenverbänden der Sterbenden, um den Patienten, quasi als Opfer weiter zu instrumentalisieren und sie weiter für ihre Zwecke, nämlich der

Bereicherung und Ausbeutung, zu nutzen. Das ist ein Nutzen, der unser natürliches Ende durch den Tod unterwandert und zu steuern versucht. Und ein Leben beendet, das wiederum von IT und KI und Medienkommunikation, wie in einem desorientierten Ameisenhaufen gesteuert wird.

Die Pharmaindustrie ist ein Imperium, das auf Gewinnmaximierung orientiert ist, wie jedes andere Wirtschaftsunternehmen auch. Ethische, subsidiare, solidarische oder personale Bedenken sind dabei nur eine notwendige Alibifunktion, um diffamierte Kritiker mundtot zu machen und aus dem kollektiven Bewußtsein der Menschheit zu verdrängen.

Dalia Lavi wurde von der Presse Anfang der 60er Jahre als „Sexkätzchen" bezeichnet. Der Leser und Konsument der Medien hat sich damals nichts dabei gedacht. In den 70er Jahren wurde das allmählich als chauvinistisch und frauenfeindlich beurteilt. Auch heute gilt dies. Aber unterschwellig wird das Chauvinistische an der Rolle der Frau instrumentalisiert, um, als vermeintlich legitim eingesetzte Waffe, einen bewußt provozierten Gegner zu sanktionieren oder zu mobben. Die Frau der Öffentlichkeit von heute kann sich problemlos zur Schau stellen, indem sie ihren Sexappeal exhibitionistisch praesentiert, um sich bewußt auch als Ware zu verkaufen. Sie wird dadurch zu einem Produkt einer rein opportunistischen Orientierung, die mit dem eigenen Körperattributen versucht, sich über die Medien und den Steuerzahler zu bereichern. Deshalb „Sexkätzchen".

Es ist wie mit dem rechtsradikalen Mob. Wer einen Rechtsradikalen wirklich beleidigen will, der bezeichnet ihn als „arbeitsfaulen, homosexuellen Kaffer, der erst mal anständig die deutsche Sprache lernen sollte".

Hollywood Memory. A journey to Honourrhoid Island.

„I've been bucked and scorned." (Lightnin Hopkins)

Dr. Rudolf Berndts Aufsatz über Gesetz und Norm.

Seine bestimmte Denkweise. Die sogenannten Dinge.

Von der Außenwelt abgegrenzt durch eine Membran. Dinge mit isoliertem Kreislauf und gegebenenfalls mit Fähigkeit zur Reproduktion. Ein Konstrukt unseres Gehirns. Also doch nicht abgegrenzt von der Außenwelt, sondern durch die Außenwelt abgegrenzt durch diese selbst und durchdrungen von Enttäuschung, Resignation, Unkenntnis und Erleuchtung in einer Welt lautloser Jagd.

Rückblicke auf die Spiegelverkehrtheit Rudolf Anton Friedrichs Richtung Ausgang verweisend.

Auctoritas.

Gesetz und Norm.

Die Liste der Traumata.

„One of these days I will ..." (Zitat aus der LP „Meddle" der englischen Rockgruppe Pink Floyd, benannt nach den Bluesmusikern Pink Anderson und Floyd Council).

Ein Bericht über die Invasion der komplexen Menge.

Ein Science-Fiction Report aus der Welt der Mathematik, aus der mathematischen Welt, der wir angegliedert sind.

In der Mathematik spielen Zahlen keine große Rolle, sondern Mengen und Elemente, ihre Eigenschaften, die man ihnen zuordnet, und die Folgerungen daraus...

Mit anderen Worten: Die Tatsache, daß 3 und 3 nicht 12 ist, ist der Beweis, daß es 29 sein muß.

Vor 50.000 Jahren:

Ughlk Ubbh, ein Mensch aus prähistorischer Zeit. Zeit ist historisch, weil sie vergeht und Geschichte geworden sein wird. Jetzt ist er 50.000 Lichtjahre entfernt. Konserviert in der Savanne, die die Welt bedeutet. The „One and Only", von dem man nichts weiß, weil man nicht über ihn spricht, denn er war der Onkel, der vergessen wurde. Und bald schon steckte er, wie bei Dante Alighieri mit der Nasenspitze in der

Scheiße, fernab vom klaren Wasser der Weltmeere, der salzigen Gischt, die beim Eintauchen des Buges über die Reeling spritzte und der würzigen Luft, die die Lungen füllte.

Aber Zeit ist auch ein makro- und mikrophysikalisches Phaenomen. Ein infinitesimales Etwas zwischen Vergangenheit und Zukunft in einer parallelen Seinsform der Welt. Fernab von nebulösem Handwerk, Ingenieurs- und Kriegskunst und den zwölf Mäulern aller After.

Du bist! Tu es (lat.).

Der Einzel. Ein Verbrauchter. Er, der Mann auf dem heiligen Stuhl. Lehrstuhl. Leerstuhl. Stuhlgang. Dachstuhl. Rollstuhl. Subjekt. Prädikat. Objekt.

Gewesenes und Werdendes. Die Bestie Satans hat mein Leben zerstört. Die Bestie, die aus dem Leben der Ahnen und Vorfahren entstanden war und, nicht zuletzt, durch die Auferbietung des Ertragens aller Opfer. Dann folgte die Auferstehung aller Opfer, um diese noch einmal zu schröpfen.

Auf den elektrischen Stuhl mit ihnen! Der Stuhlwurm im Darm siegt erbarmungslos und ahnungslos in seiner Gier. Die „alten" Ägypter meinten, im Darm, im System der Verdauung befände sich der „Sitz der Seele". Eine Interpretation sogenannter Verbraucher, während ihrer Sedisvakanz, die sie von ihrem Stuhl befreit. Entblößung in einer Form von Verstopfung, die Seelen trübt. Plumps! So wurde der „Plumps" zum Dämon. Und zum Lückenbüsser, zum Sündenbock, dem man wissentlich den Schwarzen Peter darreicht in schmutzigen Kleidern, gebraucht und getragen, zerschlissen und zerzaust. Wichtig ist nur zu wissen, daß der Plumps existiert.

Meine Installation während meiner Studienjahre bei Joseph Beuys: „Junger Mann", eine alte völlig verbrauchte Matratze aus einer Palliativstation. Mittlerweile nicht mehr zu reinigen, voller Blut-, Kot- und Urinspuren. Wie viele Menschen mögen auf ihr wohl verstorben sein? Wie am Fließband. Zehn

Minuten Zeit für Trauer. Dann der Nächste, bitte!

„Junger Mann" war eine Variante meines „Triptychons mit deutschem Markenhähnchen" in meinem Ausstellungskatalog „Collagen & Kopien". Triptychon, ein Format aus der christlichen, religiösen Kunst, bezieht sich auf die Dreifaltigkeit und die Kreuzigung von Jesus Christus.

„Uranic Spell", der Dämon des Dampf, Vater des Strom.

„Evil Body", ihm, dem Dämon, ausgeliefert.

Der menschliche Körper ist ein Universum für sich. Nahezu unendlich in seinen Wechselwirkungen und Reaktionen mit Mikro- und Makromolekülen aller Art und bezüglich seiner Verdauung, Nerven- und Hormonsystemen, Wechselwirkungen von Organen und untereinander miteinander verschalteter Systeme. Das Glühen im Körper. Die Ausweglosigkeit vor dem Ausschlachten. Die Hoffnungslosigkeit angesichts der Unfehlbarkeit von Verleumdung und Verächtlichmachung und Kriminalisierung durch eine mächtige, überdimensionale, unbekannte Masse, die Milliarden vernichtet.

Elvis Presley hat auf dem Privatfriedhof seiner Ranch einen alten, kaputten, nicht mehr reparierbaren Mercedes aus den 50er Jahren beerdigt. Ein Friedhof der Message. Der Dämon der Botschaft. Der Irrsinn der Überlieferung teuflischer Rituale einer blutigen Vergangenheit, die bis in die Ewigkeit ragt. Ein anderer Künstler schmilzt I- und Smartphones samt Chipkarten in einem Hochofen ein, gießt sie zu würfelförmigen Klumpen und härtet sie dann aus nach dem Motto „Festgemauert in der Erde ...".

Ein kurzer Prozeß, ein Akt der Gnade oder Vernunft. In den USA sitzen zum Tode Verurteilte manchmal 25 Jahre in der Todeszelle und warten auf den richterlichen Beschluß zu ihrer Hinrichtung. Bei Kim Il Yung, dem Herrscher von Nordkorea, ging es schneller. Er beschuldigte seinen Onkel des Verrats, der Onkel kam am selben Tag vor Gericht, die

Verhandlung dauerte 25 Minuten, das Todesurteil wurde gefällt und zehn Minuten später im Hinterhof des Gerichtsgebäudes vollstreckt. Warum soll man einen zum Tode Verurteilten 25 Jahre auf seine Hinrichtung warten lassen? Aus humanitären Gründen? Ha! Ha! Zur Abschreckung! Wenn Hinrichtung, dann so schnell wie möglich? Für alle! Der Alptraum vom Bringdienst. In der schmutzigen U-Bahntoilette flackert spärliches Licht. Wackelkontakt. Die letzte Beleuchtungsröhre summt ihren unendlichen, galaktischen Tamboura-Rhythmus. Im Halbdunkel liegen Chinesen und Hindus aus der Steinzeit auf dem schmutzigen Boden herum. Sie bewegen sich, wie in Zeitlupe, langsam hin und her. So, als hätten sie Schmerzen. Aber der Schmerz findet kein Abbild in ihrem Gesicht. Ungerührt werden sie von unsichtbarer Hand gewälzt. Sie wurden aus der Vergangenheit zu uns transferiert. Durch die Jahrtausende hinweg sind sie von Würmern und Bakterien infiziert und an manchen Körperstellen mumifiziert. Sie öffnen ihre Münder und scheinen zu sprechen. Sie winden sich am Boden liegend und lecken den Boden mit ihren Zungen, die sie Gott stahlen. Sie sind dort unten eingeschlossen und nähren sich durch sich selbst und durch Tilgung anderer, phasenweise Imaginärer, die vermutet werden. Sie bringen und dienen unter anderem Michael McGill, dem Mann, den es nicht gibt. Ein vergessener Schauspieler aus einer vergessenen US-TV-Serie. Zerschlagen war sein Andenken durch Wirtstiere und verboten. Aus den Stelen ausradiert, um die fiesen Marder an der Milz und die dämlichen Damen nicht unnötig warten zu lassen.
TV-Serie: „Der Kommissar": „Tod einer Schmeißfliege"
Herbert Reinekers Episode vom Amoklauf eines gemobbten Zivildienstleistenden in einem Rehazentrum. Eine Erzieherin namens Susanne R. wird zusammen mit ihrem neugeborenen Sohn Nepomuk in einen Sack gesteckt und dann mit einem

schweren Knüppel so lange nach allen Regeln der Kunst ver-
droschen, bis von den beiden nur noch eine Mischung aus
Scheiße und Blut übrig blieb. Auch Nepomuk, dem der Spulwurm mit seinen zwölf Mäulern den Zipfel abbiß. Er bohrte
sich durch die Öffnung der Harnröhre und legte seine Eier in
Nepomuks Hodensack ab. Dort schlüpften die Dämonen aus
und vermehrten sich in ihm. Lediglich an Hand einer DNA-
Analyse waren Mutter und Sohn noch identifizierbar.

Tod eines Kriegsdienstverweigerers, von Herbert Reinecker.

Während seines Nachtdienstes, den er alleine machen muß,
tötet er die acht Behinderten, die ihm anvertraut wurden, und
tötet am morgen die eintreffenden Frühdienstler. Einen nach
dem Anderen und die kaum geschlechtsreife Schweinehure.

Reflexion: S. R. und A. D., die Bestien Satans sind vernichtet
worden. Auf sie warten die ewigen Qualen der Hölle, weil sie
ja nicht hören wollten, weil ihr Bauchgefühl degeneriert war,
weil ihr Gehirn degeneriert war, weil sie kein stabiles
Koordinatensystem besaßen, um ihr Tun zu be-werten, weil
sie nur über einen minderwertigen Intellekt ver-fügen
konnten, weil über sie verfügt worden ist durch ihr
selbstgewähltes Schicksal, denn sie waren oder hielten sich
für die selbsternannten Götter, die aus sich selbst erschaffen,
als Phönix aufstiegen in die Ablagerungen der verschissenen
und versifften S-Bahn Toiletten aller Hindus.

Ich, Dummerchen, war damals, als all das geschah, ja noch
viel zu jung und zu klein und bastelte Kampfflugzeuge und
US-Schlachtschiffe von Airfix oder Revell. Aber zusammen
mit Opa Gustav ging ich dann doch auf die Jagd nach ihnen
und schoß auf Hasen und Hunde.

Noch unvorstellbar weit entfernt waren damals die Greuel
dieser unendlichen Weite, die Unabschätzbarkeit der aleatori-
schen Parallelereignisse und ihrer fürchterlichen Auswürfe,

die mir, da ich so tief in ihnen steckte, in meinen Mund hineinliefen wie braungrauer, stinkender Saft. Und aus mir nicht nachvollziehbaren Gründen, waren Stecknadeln in meinem Mund, zwischen Zahnfleisch und Zahnstein, geschoben bis zum Nerv. Die Haare standen senkrecht von der Körperoberfläche ab. Der Anus, geöffnet durch ein Metallrohr, gewährt Schwester Ratched, Herkules, Tarzan und ihren hungrigen Massen von Ratten und Mäusen Zugang zu den Inhalten der menschlichen Seele. Darin kriechen sie auf der Suche nach Nahrung, so wie der Plan der Evolution es plante.

Vor 15.000 Jahren, irgendwo.

Jäger werden seßhaft und Schweinehirten. So wie ihre Vorfahren vor 20.000 Jahren. Sie betteln um Erbarmen in der Einsamkeit der Sterne. Sie rekapitulieren sich in mir, in Träumen und Taten. Wenn Demokratie durch Diktatur ersetzt werden müßte, wünschte ich mir als Machthaber und Diktator ganz klar Tomatensauce. Denn Tomatensauce verträgt sich mit fast allem, was nützt, gut ist und schmeckt. Nicht familienkompatibel für Kulturschnösel und immer ausgebucht.

Wie beim Arzt. Jeder hat schon was. Die Invasion der Information, Verbuchung, Virtualisierung. Die Vorverurteilung.

Die Talerbrigade: Dämonen einer Reha-Anstalt für Krüppel, denen man das Kapitol überlässt.

Krüppel aus der Talerbrigade rulen den Ablauf der Politik.

Sie saugen Inder aus. Und die Chinesen entstehen aus gelegten Eiern. Chinesen sind allergisch gegen Milch.

Blut, Nerven, Hormone, Atmung, Nahrung, Wasser.

Fehlgeleitete Energie, die raus muß. Der gemästete Mensch.

Wie ein Industrieschwein hochgezogen, nach einem Jahr als Baby mit 250 kg Gewicht geschlachtet. Oder nach drei Jahren mit 370 kg Körpergewicht an Diabetes, Herz- und Leberversagen, Nierenkolik und Embolieen verstorben. Der Mensch als Nutztier hat eine Lebenserwartung von etwa 1,93 Jahren.

Aktenzeichen xy: „Haste mal ne Mark?" Antwort: Schlag mit Metallring. Fünffacher Schädelbruch, ausgelaufenes Auge, geplatztes Trommelfell, Taubheit auf einem Ohr, Quetschung der Gehirnhälfte mit Schaden im Sprachzentrum.

Im Schwitzkasten den Arm nach hinten gebogen, an Schulter ausgehebelt und im Ellbogengelenk gegen Drehrichtung ausgerissen. Der Arm des Obdachlosen.

Martin Held in „Rosen für den Staatsanwalt" sagt: „Wenn ich zuviel erwische, trägts mich immer aus der Kurve ... Ha! Ha! Ha!" Er meint unsterblich zu sein, bis Ende nächster Woche, wenn er dann noch lebt. Oder eines Nachts, vielleicht!

Aorta: „This is your main vein!", a really strange way to go!

Auf Tonband aufgenommenes „heiliges" Schnarchen.

Der Traum vom Strand in der Sonne. Muscheln. Sand. Meer. Das Rauschen seiner Wellen stinkt nach vergammelten Fisch. Mein einstiger Mitschüler Friedrich fällt mir dazu ein.

Er hatte einen Zwillingsbruder, der mit Vornamen Arsch. Im Krankenhaus wurden sie nach der Geburt verwechselt.

So entstanden die Gebrüder Arsch und Friedrich, die es seit langem nicht mehr gibt. Denn alle werden umgehauen. Von Schlaganfall, Krebs, Adipositas, Adidas. Wer das Wort Adipositas (altgr.: adiposi-tas: „der gesetzte Schuh" des „Thanes" (William Shakespeare)) verwendete, bekam früher Schwierigkeiten mit der unteren, der niederen, Obrigkeit des Teufels.

Afrikanische Elefanten haben zu große Eckzähne.

Boris Karloff bereitet eine Gehirnoperation vor.

Wann endlich offenbart sich uns metaexistenzielle Erscheinungsform, ein Sein, das weder Materie noch Energie ist? Jetzt, gestern oder in mir?

Ich, damals als Hund! Ich war, damals als Kind, ein Hund.

„Und ich bekam einen Knochen!" („And he looked inside...")

1959 bis 1963 n. Chr. lebte ich als Höhlenmensch. Meine Stammesentwicklung (Phylogenese) entwickelte sich inner-

halb einer Attosekunde. Als das Elektron das Hydrogenium-
nukleotid einmal umkreist hatte, war ich schon seit Jahrmillionen tot. Und niemand konnte sich an mich erinnern, weil
man nie, weder unter Familienangehörigen, Verbliebenen,
Anverwandten, Abkömmlingen, Nachfolgern, Freunden, entfernten Bekannten über mich redete oder sprach.

Ich war eingestampft innerhalb 50 Milliarden Jahre.

Nach 1949 Terrorjahren war auch die Welt, so wie wir sie
kennen, (Ha! Ha!), zu Ende und aus, entwachsen aus fakul-
tätischer Exponentialität. Als Kind mußte ich daher immer
bärenstark sein, um mich zu behaupten gegen meine Familie,
meine Eltern, meine Schwester, denen ich zu vertrauen hatte.
Das Wort „Familie" klingt aus dem Munde des alten Schaub
immer so als wäre diese eine mafiöse Vereinigung. Der Clan,
der seine Feinde lebendig einmauert. Der Clan, der seinen
Onkel vergißt, weil er nie über ihn redet...

Aber ich war ja noch so klein. Nur Tante Uta ist immer größer
geworden. Auf ihre sogenannten alten Tage. Immer größer
und größer. So als hätte man sie aufgeblasen wie einen Luft-
ballon. So lange aufgeblasen, bis man jeden Moment damit
rechnen mußte, daß sie platzen müßte durch den Überdruck,
durch zu hohen Blutdruck, durch die Fehlfunktionen ihrer
Schilddrüse, durch allosterische Hemmung der Aeriolen in
ihren Lungenbläschen und durch den genetisch bedingten
Ausbruch des Nipperdey-Schöpflin-Sarkoms oder durch den
Ausbruch der genetisch bedingten Du-Chenne-Kupferspei-
cherkrankheit. Es waren bleischwere Tage, bleischwer durch
die Schuld, die „sie" sich aufgeladen hat und hatte für immer
und immer und immer wieder.

Verleugnet durch mißverständliches sich selbst Belügen aus
mangelndem Bauchgefühl. Und die, durch Sozialisierung
mühsam erlangte, Fähigkeit oderUnfähigkeit auf die innere
Stimme zu hör-en, auf das Bauchgefühl und die Amöben

ganz da unten.

Und verstört durch das Gequatsche und Röhren aus Lautsprechern, Phones, Tasten und Testen.

Traum: Mitten in der Nacht. Straßenbeleuchtung. Schneefall. Sephirot. Gamma. Fisch mit Kopf nach unten. Irgendetwas ist hinuntergefallen. Trotz Stan und Ollie. Sie sind da. Sie sind gut. Sie nützen nichts. Sie wollen nichts. Auch sie haben den Clan eingemauert.

Trauma: Schütten ist nicht fallen.

Attention! Vorsicht! Schwarzer Sabbath!

Partikel schweben. Es handelt sich hier um Schwebeteilchen.

Traum: Ich habe etwas verloren. Hoffnung. Mein Leben.Geld. Ausweis. Hose und das Abitur muß ich unbedingt noch einmal machen. Ich bin wieder dabei. Wenn ich telefoniere, erwachen die Plattfische zwischen den toten Quallen unten am Strand. Ihre Kiemen sind giftig und ihre Mäuler öffnen sich aus ihnen dringen viele Finger, flüchtig und zappelnd mit Tasten und Zeigern. Durch mein Kinderzimmer weht der abgestandene Rauch. „Et tu ...., tu... !"

Husten. Dann Atmen.

Ich rufe sie an. Telefoniere. Es tutet. Es ist belegt. Sie ist ertrunken. Ertrunken in Frankensteins Judastod. Jetzt sollte ich mich bewegen, sonst wache ich nie mehr auf!

Eine gute Wurst aber muß braun sein. Knusprig, frisch und rund wie ein Kreis.

Eine weitere Arbeit von mir in der Klasse von Joseph Beuys: Ein Portrait, genannt „Marianne". Ein alter Kartoffelsack mit ausgehärtetem Fett gefüllt. Eine alte Klobürste als Kopf oben drauf gesetzt. Und eine Tube Massagecreme, fast ganz ausgedrückt, in der Mitte der Sackoberflächenauswölbung.

Charlie Hitler und Adolf Chaplin wegen dem Bärtchen.

Runen-FF uf Chapeau. So wollte es Charles Manson oder Alistair Crowley. Beide, geboren aus Mickey Moose, forderten das Recht des Stärkeren und propagierten.

Josepha, die spastisch gelähmte Rollstuhlfahrerin, fett, häßlich und blaß wie ein Mastschwein. Die immer noch ihre dünnen Gliedmaßen von sich abspreizt. Ein widerlicher Anblick.

So wie der ekelerregende Anblick der verfluchten Braunhemdin Susanne R. aus der Talerbrigade in vollem Ornat.

Bei der Meditation über die Veden der Bravo 1968 bis 1976 entstehen sie oder auferstehen sie wieder, Tag für Tag, die goldenen Zeitalter. Das Zeitalter der Nunft. Die Zukunft und die Vernunft. Die Toni-Schwendnerschen Windbewegungen im Inneren der Atome. Elektronenwirbel entstanden am Anfang der Welt durch fehlende Schwerkraft wegen fehlender Masse. So kamen die US-Amerikaner einst unbehelligt durch die Meerenge bei Gibraltar ins Innere des Römischen Reichs.

Berühmte frühe Worte, Jahrmillionen alt. Abgelenkt mit brutaler Gewalt und Volksbespaßung aller Art. Vollgepackt bis oben hin, zogen sie mit ihrem Treck nordwärts, wie die Jungfrau zum Kind.

Bewaffnet nur mit einem Steckerleis von Gelatti Motta.

„S. R., diese Faschistenvotze mit ihren Schamhaaren auf dem Kopf, war für mich nie ein Vorbild. Aber für dich, Sabina Schauer, du dummes Praktikantinnenhuhn, war sie ein Vehikel, um dich zu profilieren. In dieser Mischung aus Scheißhaufen, Kindergarten, Kasperltheater und Irrenhaus, das sich Reha-Anstalt nannte ... Dort wurde durch die Separatorianertruppe systematisch das Menschenfleisch vom Knochen entfleischt. Quadratmeter für Quadratmeter.

Die Haut sah aus wie die Oberfläche des Mondes nach Milliarden von Jahren. Krater. Einschläge. Kontinentalverschiebungen, hervorgerufen lediglich durch Änderung der Druckverhältnisse im Innern der Organe.

Schickes Schicksal.

Die Vergangenheit der 50er, 60er, 70er Jahre und der Horror

der 80er, 90er,00er Jahre verwischen sich in den Erinnerungen zu einem Besuch im Freibad. Experimente durch die Vernetzung und Verschmelzung von Tintenfisch-, Affen-, und Menschengehirnen. Die Resultate machen nicht nur Staunen über die Vielfalt von Bikini, Blumenkohl und seiner RNA.

Sandy muß auf Anordnung seines Vaters Abschied von seinem Freund Flipper nehmen. Grund: Das Wasser ist aus.

Aber Arpad darf alle zwei Stunden seinen Bären füttern.

Die Angreifer sind okkupiert. Aber womit?

Sie quellen hervor als Schweiß. Es ist furchtbar.

„Die Folterung der Beatrice Cenci", ein Ballett, aufgeführt am 14. 10. 1974 um 22.50 Uhr in der ARD. Wer war sie?

Wirst auch du gefoltert? Gelesen in Bravo Nr. 42, 1974.

Dalis Thunfisch. Durch ihn betrieb er Grundlagenforschung in Verschlußtechnik zum Verstehen und Begreifen von chemisch-biologischen Reaktionen in unendlich kleinen Zeitintervallen. Das sattsam bekannte Epsilon mit einer Umgebung größer Null. Ein Mysterium für sich, die Größe, die Null.

Sie kreieren eine personale, epische Distanz zum eigenen ich.

Eine Art Traum. Träumen außerhalb seiner selbst.

Kleiner Null ist größer Null, egal ob 17 oder 12,9 oder 0,3.

Es gibt keinen erfaßbaren Unterschied zwischen groß und klein nach der Schlacht von Glasgow. Scotland, the Brave.

Stan Libuda bombte uns Anfang 1970 nach Mexiko, damals, Ende 1969, gegen die Schotten, Celtics und Rangers.

Durch die Goorgl werden wir erpresst, gedemütigt, verraten von unseren Brüdern, den Angehörigen von Schweinchen Dick. Der US-Präsident läßt sie versehentlich implantieren und ihre Ungeheuer rauben uns alles, was wir haben. Benzin, Strom und unseren Körper. Das gemeinsame Merkmal aller Körper ist, daß jeder für sich Raum beansprucht. Die Größe des Raumes, den ein Körper beansprucht, nennt man Rauminhalt (Zitat nach: Kleiber-Karsten; lat.: citare).

Jetzt sind wir hier.

Es reicht.

Der alte Schaub, ein cholerischer, älter werdender, Heuchler und Schleimer, stets unterdrückt durch seine Frau, Schwester Ratched, der nie das bekam, was er eigentlich, insgeheim, sich zu erhoffen wagte und sich darum betrogen fühlte und sich nie davon trennen konnte, von dem Gedanken „es" besitzen zu müssen. Je älter er wird, wird er zum naiv, eingesourcsten Fachidiot, den Kopf vorsichtshalber in den Sand steckend, und desto mehr verlangt er noch danach, weil er muß, weil es von seiner Familie erwartet wird. Ich chronisch notorischer Nörgler und pessimistischer Defätist, habe damit nichts zu tun und daran nichts auszusetzen und vermute, daß nicht die Hoffnung zuletzt stirbt, sondern er.

Und vor ihm stirbt dann am Schluß die Hoffnung.

Zu Geständnissen von Taten genötigt, die nie begangen wurden. Eingeschlagene Fensterscheiben, ins Gesicht geworfene Glastüren, Frank Wright, Karlheinz Stockhausen und Anthony Braxton.

Ab 21.00 Uhr ist fast jeder betrunken wegen des Drucks, der auf ihm lastet, sagte mir jemand, an den ich mich erinnere.

Der Druck, ein Dämon, eine Ausgeburt des Plumps & Strom.

In dieser Scheiß-Talerbrigade, eine Mischung aus Außenwohngruppe eines Rehazentrums für Körper- und Geistigbehinderte, Kasperltheater, Kindergarten und Irrenhaus.

Das Irre und Morbide hatte tatsächlich einen Namen. Ihr wünsche ich, daß sie miterleben darf, wie ihr Sohn Dominik von Monsterkaulquappen gefressen wird. Und die Puffmutter des Herkules soll mehrfach vergewaltigt in der Barentsee versenkt werden. Und das Ulfhunderl, aus der dDR geflohen, soll seinem eigenen Papi einen blasen, denn seinem Papi war das Ulfhunderl, das nicht immer volksam war, entwischt und dann wieder hörig bis zur Selbstaufgabe. S. R. und N. H.

müssen verurteilt werden wegen Verbrechen gegen die Menschheit durch Erschlagen mit schwerem Eisenknüppel, bis nur noch Scheisse und Blut von ihnen übrig ist und sie tot sind, vor ihrer Geburt.

Damals, eine körperbehinderte Egozentrikerin, die alles an sich riß, Menschen in den Selbstmord trieb, durch Verleumdung, durch Beleidigung, durch Erniedrigung, durch Nötigung. Erschlagen durch die Kraft des schweren Knüppels.

Und ihre schwerhörige Erzieherin, S. R., war ihr hörig, dumm, eingebildet, cholerisch und aggressiv.

„Ich kann sagen, daß ich dann in ein anderes Lager umquartiert worden war.... In den Brunnenhof, wo ich ein dreiviertel Jahr später meinen zuvor erlittenen Verletzungen erlegen war! Und so kann ich sagen, gestorben war, weil man mich vernichtet hatte! Und zwar mit Stumpf und Stiel, nicht weil man es wollte, sondern, weil man glaubte, man müßte! Weil „Der Gott, der über uns herrscht, es so von Anfang an gewollt hat!"

Gott hat es so gewollt. Gott herrscht über uns.

Gott hat mich vernichtet. Das ein Kreis rund ist, hat mit Logik nichts zu tun, sondern ist lediglich Beobachtung.

Ich erreiche nicht mehr viele, die sich an mich erinnern.

„Aber ich glaube nicht, daß die, die sich heute noch an mich erinnern, sich morgen auch noch an mich erinnern werden!"

Ich mag die Art wie die Dingsbums fliegen. Mit einem Kuß nur bließ ich dich hoch in des Himmels Kern. Wirbelst und zwirbelst, reif wie verfaultes Gold. Kalt wie Silber in einem Flußbett, Bäume zerbrachen wie teigige Plätzchen.

Ein Schwarm naßgrüner, fingeriger Fersen. Ich mag wie das Dingsbums fliegt auf den Baum an der Endhaltestelle.

Die Vorstadtlandschaft treibt mir Tränen in die Augen.

Ich mag wie die Dingsbums fliegen rundum auf die Wipfel.

Der rosa stotternde Morgen, er kichert dort vorne hinter dem

Busch und ein Dienstag nach der Ergreifung auch.

Ein dunkles, finsteres Echo strömt. Zeugt von einem, nur auf mich gerichteten, Kreis fiebriger Augen versteckter Rehe.

Er spricht, sucht und schwillt an wie nasse, formlose Babys.

Kristallklar weinen die Tropfen der Morgenröte, verschüttet und weitergereicht von Hand zu Hand und lagen friedlich da bereit zu explodieren. Und der Sand war im Strich gekämmt.

Und die Forellen tönten wie eine Herde Spermaregenbögen.

Glassplitter unter dem Fuß der Brücke verdunsten!

Eine blutende goldene Leiter klappert seinen nachtschwarzen Schwingen hinterher. Mit einer weißen Sonne elektrisiert funkelte jemandes Muschel. Mit kleinen Salzbröckchen platzte der tiefe Druck des Weltenraumes hervor.

Viele erreichten klamm den eisig benetzten Ozean und schielten erschrocken und ertrunken auf seinen Grund.

Ergriffen von erodierten Wülsten aus ihrem Lebensraum.

Umsonst dem Geplätscher von Ebbe und Flut gespendet.

Zurückgekehrt über die Leiter, um die Rückkehr des Lichts in der nächsten Nacht zu übertreffen.

Frösche lecken die glückliche grüne Zunge Gottes.

Die Sonne hing da wie eine einsame Orange.

Ein trauriger Baum fiel ins Meer und schwam davon wie ein gigantischer Seestern ...

Wie viele Menschen haben auf dieser Welt bisher gelebt? Zur Zeit leben knapp neun Milliarden, mehr schlecht als recht. Zumindest fast alle oder die meisten. Aber sie reproduzieren sich ständig. Noch nie sind soviele Menschen gestorben wie heute. Und wie sie gestorben sind! Noch nie wurden so viele geboren, Tag für Tag. Wozu? Der total absurde Wahnsinn einer irreal anmutenden, entarteten Form von Sein und Materialität. Schon das Wort Materie verursacht Verunsicherung, Bedrohung, Angst und Panik. Aber wen interessiert das?

Mich! Mich interessiert es! Mein Mageninhalt dreht sich um.
Weil ich sterbe! Was soll aus ihnen werden (Ha! Ha! Ha!)?
So wie Don van Vliets Karpfenmanna-Blues.
Es interessiert irgendwann alle, notgedrungen. Really.
Andy Warhol ... der ganz bestimmt, notgedrungen ...
Micky Maus . .. ... wenn der nicht, dann (?), ... wer ...   ?
Charles Wilp   ... I love YOU .. .
Jesus Christus ... ... wo? ...
Jesus Christus ... oft genug .. nicht genug   nug,dort .
Das trigonometrische Dengeln eines auf dem Rücken liegen-
den Kochtopfdeckels in der Küche ist die Stimme aus der
Vergangenheit, Stimme unserer Ahnen, Stimme Ubluks.
Die metamathematische Erweiterung unserer Wahrnehmung
durch den Mastdarm, wo sie alle wohnen, mag vielleicht eine
Botschaft sein, die an uns gerichtet ist von wem, oder was
auch immer, oder auch nicht. Unsere Hybriden, Teilhaber am
Ganzen. Der riesigen Wurscht aus dem All. Urghhl.
Irgendeine Form der Wahrheit Ubluks. Oder das, was man
als Wahrheit empfindet, wartet auf eine Botschaft.
Aorta, die Hauptschlagader ist der Weg von dort zu dir
Die Stimme Ubluks vor 50.000 Jahren. Ihre Stimmen tönen
heute noch und verlöschen nie in ihrer Infinitesimalität.
Ich war immer allein. Meine Ahnen, die vor Jahren und
Jahrzehnten, Jahrhunderten, Jahrtausenden, Jahrmillionen für
immer und immer und ewig lebten, sagten mir, daß ich allein
und nichts und doch ein Teil des Ganzen bin. Aber wozu?
Kein Schiff steuern sie nunmehr! Erinnert euch an Rodrigo!
Da ich mich noch an Bord befinde, ist meine Stunde seit lang-
em im Kommen begriffen! Viele, viele Atemzüge. Aber ein
Atemzug schon macht krank. Der eine Atem machte krank.
Ich konnte nicht widerstehen und atmete.
Dieser, vielleicht letzte Atemzug, einer nur, macht krank.
Der Atem ist es, der mich krank gemacht hat.

Der Atem über der Oberfläche.

Jetzt bin ich wieder zuhause!

Zuhause bei MutterTrudl (MT) und Schwester Ratched (SR) hieß es immer: „Du kannst nicht, oder noch nicht, weil du noch viiiiiel zu klein bist (Ha! Ha!)! Du darfst nicht, weil du nicht darfst. Du darfst nicht, weil „ICH" das sage! Und sollen kannst du sowieso nicht, weil du ja gar nicht mußt, denn du kannst es ja nicht!

Wenn du zu blöd bist und gar nichts kannst, dann setz dich doch an eine Straßenecke und werde Klo! Du machst dann den Mund auf, streckst deinen Kopf nach oben und wartest darauf, daß dir einer in den Mund scheißt! Da kann dann jeder, wenn er will, umsonst reinscheißen! Verdammt nochmal, werde Klo! Du kannst es doch! Dann bist du wer! Dann hast du was! Jede Menge Scheiße. Und ... "

Ha! Ha! Ha!

Ich träume jede Nacht davon. Mitten in der Nacht, Straßenlicht, mitten im Winter. Schneebedeckte Straßen. Viel, viel Schnee. Ich habe meine Hose vergessen und meinen Schlüssel verloren und gehe nackt nach Hause.

Ohne Unterhemd. Im Traum.

Ich weiß ja, daß ich das alles nur träume und jetzt bin ich wieder im Supermarkt, um dort zu ersticken.

Der Raum füllt sich mit Luft, ganz langsam. Sie stinkt, wegen dem Nillenkäse des Herkules, Puffmutters Sohn.

... Smoke flows through your children room, while water is coming in and bright dope fills the air ...

Dann nimmt die Prüfung der Sauställe ihren Lauf.

Mit Voyager 14 reist einer seit 125 Jahren Richtung Orion. Im Weltall altert man langsamer, je älter man wird.

Der Funkkontakt brach nach etwa 41 Jahren ab, etwa so kurz knapp nach Verlassen unserer „Heimatgalaxie".

Dieses Unternehmen wurde auch bezeichnet als die Nichtöffnung der Büxe der Batavia, die den Raubbau durch die Bestie Satans verhindert hätte. Und so verpixelten sich die Chinesen zu einem, die Erdoberfläche umspannenden Ganzen. Nicht ahnend, daß das nunmehr, unendlich erscheinende, Gesamtpixel von Hand gemalt war. Von einem Schulmädchen.

Kapitel 2: Stuhlmädchenabort, Teil 666 (Karl May).

Ich bin wieder zuhause. Von Anfang an war ich dort.

Mit brutaler Gewalt wurde ich versenkt in das Grab, in das ich nie wollte. Doch waren es die Spatzen von den Dächern, die anfingen meine Grube zu graben neben dem Stamm.

Ich stelle mir zum Abschied die Erde so vor, wie sie heute ist. Aber ohne Menschen, Tiere, Pflanzen, Wasser. Ohne Leben. Und ohne Luft. Ohne Schatz im Silbersee. In 10.000 Jahren.

Baudenkmäler sollten so belassen sein, wie sie früher waren. Nur undefinierbare erodierte Artefakte, die die „Natur" (Ha! Ha!), sich wieder „zurückerobern" wird, wie oftmals kolportiert werden wird, in den erfolgreichsten und zugleich billigsten, von allen geachteten, Massenmedien.

Und ich?

Ich diente mein ganzes Leben lang bis zu meinem Tod Gott.

Und Hermann Nitsch hatte auch recht. Sieh dir doch sein gigantisches Leberkäseorgienmysterientheater mal genauer an! Probier es doch selber aus! Dann weißt du, wie es ist.

Dann weißt du`s!

Der Wald verschwand im Blatt.

Und das Blatt fraß der Wal.

Anmerkungen, Hinweise, Literatur, Sound

Seite 7: Toshi Ichiyanagi & The Flowers; I´m dead
Hapshash and The coloured Coat; Empire of the sun
Amon Düül 2: Sandoz in the Rain
UFO: UFO 2 (One Hour Spacerock)
Black Sabbath: Sleeping Village/Warning (14.14)
S. 7: Rolf-Dieter Brinkmann, R. Rygulla; Silverscreen; Acid
S. 9: Samuel Beckett; Das letzte Band
S. 10: „Metempsychosis"; „Azathoth" (Arzachel)
S. 11: LTB No.: 6 (Micky Parade)
S. 12: Ustad Latafat Hussein Khan: Raga Mhakar,
S. 14: Abbott und Costello; Stan Laurel & Oliver Hardy für
Arme. Die C-Picture Variante
Captain Beefheart: Tarotplane; 25th Century Quaker
Charles Wilp, Yves Klein: „afri-kola" (Reklame; TV, Kino)
UFO: Silver Bird; Star Storm (UFO 2)
S. 16: Michael Winner; Chato´s Land
S. 17: Bayreuth wird abgerissen, wegen dem Holocaust
S. 18: Cat Stevens; Buddah in a Chocolate Box
S. 22: „Godzillas Todespranke",(SF-Spielfilm,Hongkong,1964)
S. 25: James Douglas Morrison; The End
S. 26: „2022... die überleben wollen", US-Science-Fiction,1967
S. 27: „Chirpy, Chirpy, Cheap, Cheap" (Middle of the Road)
S. 30: „Dachau Blues" (Trout Mask Replica)
„Tomorrow never Knows" (The Beatles)
„Gimme Shelter" (Grand Funk Railroad)
Grand Funk: „Mr. Limousine Driver", "Please don´t worry"
S. 34: Spontaneous Music Ensemble: Tangent; Oliv
Karlheinz Stockhausen: Hymnen, Stimmung, Mikrophonie,
Kurzwellen, Sternklang
S. 39: W.A. Mozart; Der Widerspenstigen Zähmung (Oper)
Yes: „The Revealing Science of God"; „The Remembering"

Khansahib Ustad Abdul Abdelkarim: Alle seine Schellacks aus den 20er und 30er Jahren.

S. 43: The Shining; Stanley (!) Kubrick

S. 56: Bismillah Khan; Panallall Gosh; Latafat Hussain

John Mayer-Joe Harriott: IndoJazz Fusion, 1&2

„Citizien Kane", Orson Wells, perfekt inszeniert von Deep Purple auf „Deep Purple In Rock": ... „Into the Fire; 3.27"

Frank Wright: Uhuru Na Umoja, Space Dimensions

John McLaughlin: Devotion

Tony Oxley: Ichnos

Das Buch vom Stuhl: Dachstuhl; Heiliger Stuhl; elektrischer Stuhl; Stuhlwurm; Leerstuhl; Lehrstuhl; Stuhlgang; Rollstuhl

Leer-, bzw. Lehrstuhl: Installation, bestehend aus einem Stuhl ohne Sitzfläche, unter dem, auf dem Boden am Kreuzungspunkt der Stuhlbeine, ein Kothaufen eines Menschen liegt.

Ustad Khan Latafat Hussain Khan: Raga Lalit

Ustad Amir Khan: Raga Phaneiri

Würfel der Verlierer: Die „0" ist auf jeder Seite des Würfels.

Martin Heidegger: Sein und Zeit

„The Shining": Stanley Kubrick; ein Film (z.B.: S.55)

„Der Mieter": Roman Polanski; mein Film (z.B.: überall)

Jürgen Osterhammel: Die Verwandlung der Welt

Heinrich August Winckler: Die Geschichte des Westens

Martin Heidegger: Sein und Zeit; noch ein Buch

Stan Laurel, Oliver Hardy: Die Klotzköpfe; Die Wüstensöhne; Die Doppelgänger; etc.

Karl Valentin: Der Firmling; Theaterbesuch

Ustad Bismillah Khan: Raga Pahnja

Don van Vliet: 25th Century Quaker

13th Floor Elevators: Easter Everywhere; Bull of the Woods

Roswell Rudd; Everywhere

S.55: „The Shining"; Stanley Kubrick. Die zwei wunderbaren Szenen mit Jack und Lloyd an der Bar. Beim ersten Mal stört

Jacks Frau. Beim zweiten Mal greift Delbert Grady (Bourbon mit Eierlikör) ein.

S. 60: Vinegar: LP 1971

S. 61: Silberbart: LP 1971

S. 62: Out of Focus: Wake Up; LP 1970 („Mr. Nixon")

Black Sabbath: Sleeping Village, 14.14; von LP „Attention"

UFO: 2 (One Hour Spacerock); Flying, 26'30''. Just listen to the End of this Song.

S. 69: The Blizzards; I`m your guy

S. 70: You can`t judge a Book by its Cover. Ein Buchumschlag ohne Buchblock. Eine leere Hülle.

S. 71: Die sog. „meta-dadavisionären" Publikationen Detleff von Stronkhausens; etwa 1931-33 n.Chr., Et. alteri.

S. 73: Bärbel Wachholz; Ihr schönster Schlager „Unsere Heimat darf nicht untergehen" kam 1957 leider etwa 20 Jahre zu spät.

S. 77: K. Valentin... S. Beckett... M. Heidegger

S. 79: Jusen, eine getarnte Hypervariante eines Phaenomens

S. 82: Der, an die Zellenwände geschmierte, Kot, der „für immer und immer wieder" („The Shining"; Stanley Kubrick) einsitzenden, politischen Gefangenen und Terroristen, aller Länder, aller Zeiten, ist heilig. Heilig im Sinne einer muslimischen Interpretation der Aussage „Du sollst dir kein Bild von Gott machen"

S. 87: Das Vernichten und Verpacken der Erde, um mit der Sonne zu kommunizieren, frei nach Christo und Cheops.

S. 97: Bronstein-Semendjajew; Taschenbuch der Mathematik

S. 99: The Robots; I'm sorry to say

S. 104: Got Live if you want it; The Rolling Stones

S. 104: „Schön blöd ist auch..." (Stefan Schittler; Mentor)

S. 116: Status Quo; Piledriver

S. 117: Eine Jacke aus Windhundleder mit Knöpfen aus Kruppstahl fertigte mir ein befreundeter Künstler an, der einstmals eine Lehre als Schneider absolvierte.

S. 118: Grand Funk, Live (1970); Humble Pie, Performance

S. 133: The Doors; The End

Herbert Eimert: Requiem für Aikichi Kuboyama

Arvo Pärt: Miserere

S. 139: Zitat aus einer Rede A. H.s, Ende der 30er Jahre

S. 140: Fourier-Reihen; Compton-Effekt; Trout Mask Replica

S. 141: Ustad Bismillah Khan

      Don van Vliet; Bleeding golden ladder

      Net Öth Ctedart Serewh Cs Rdeewh Ci; (Liber 1111)

      Ubluk Ughklhh, mein UrUrUr......opa

S. 143: Abort und Klostello; Stuhlmädchenabort, Teil 666.

S. 143: Jesus, damals noch als Spatz, pfiff es von den Dächern.

      Vergib! Gib auf! Gott vergibt dir!

Inhalt

Vom selben Autor

Sumus Humus (Ein Traumspiel); 68 Seiten
ISBN 978-3-756-22604-7
Sumus Humus beschreibt eine fremde Welt, in der wir leben
und deren Teil wir sind. Wir befinden uns in einem Zyklus
aus Geburt und Tod. Der Ablauf des Lebens führt den Leser
durch eine absurde Welt alptraumhafter Zufälle, hinter denen
sich die bittere Gewißheit des Unbekannten und Bedroh-
lichen verbirgt.

*Uranic Spell (oder: Protokolle aus den Träumen eines Angst-
psychotikers im Wachkoma)*; 250 Seiten
ISBN 978-3-756-82009-2
In Stefan Singers zweitem Roman verarbeitet sein Protagonist
traumatische Erlebnisse, Erinnerungen an Mißbrauch und Reflexionen über seine soziale und personale Situation zu alp-
traumhaften Exzessen.

*Bang Out (oder: Über die Hysterie des Verzweifelten in der
Verbannung)*; 156 Seiten
ISBN 978-3-756-84485-2
Bang Out ist die Weiterbearbeitung von *Uranic Spell*. Stefan
Singer führt hier die Reflexionen seines Protagonisten über
traumatische Erlebnisse und Erinnerungen an seine soziale
und personale Situation fort.

*Calling Fisherman (oder: Über die Isolation des Vertriebenen im
Hasengrab des Vorverurteilten)*; 188 Seiten
ISBN 978-3-757-82462-4
Stefan Singer beschreibt in Calling Fisherman den Mythos
des von der Gesellschaft Ausgestoßenen, an den sich niemand erinnern will, und der, in der Isolation und Verwirrung
orientierungslos geworden, sich in Erinnerungen und Ver-
strickungen seiner Vergangenheit verliert.

Evil Body (Gedichte); 50 Seiten
ISBN 978-3-757-84550-6
Die Gedichte Stefan Singers beschreiben in ihrer surrealen
Zwischenweltlichkeit die Ausweglosigkeit des in seiner spiri-
tuellen und sozialen Situation gefangenen Menschen.

Bildbände

Bilder; 56 Seiten; mit 44 farbigen Abbildungen
ISBN 978-3-756-83485-3

Collagen & Kopien; 52 Seiten; mit 67 farbigen Abbildungen
ISBN 978-3-756-83975-9

Collagen & Kopien II; 52 Seiten; mit 80 farbigen Abbildungen
ISBN 978-3-756-88778-1

Musik

Rokoko Saturn Sextet; Konkrete und elektronische Musik
LP, hv 127; zu beziehen über www.discogs.com